長編小説

とろり下町妻

橘 真児

竹書房文庫

目次

※この作品は竹書房文庫のために
書き下ろされたものです。

第一章　下町のアイドルを探せ

1

銭湯には下町の情緒がある――。

熱めの湯につかり、壁に描かれた見事な富士山を見あげて、春木祐司《はるきゆうじ》はノスタルジックな情感にひたった。同じ町内にあるのに、この銭湯に入るのは子供時代以来だから、柄《がら》にもなく感傷的になったためもあったろう。

もっとも、自身に課せられた役目のことを考えると、そうしみじみとしていられないのであるが。

（まったく、どうすればいいのやら……）

やれやれと思いつつ、浴場内を見渡す。そろそろ終《しま》い湯の今は、数人の客がからだを洗ったり湯船につかったりと、それぞれの憩《いこ》いのひとときを過ごしていた。

その中で、最も若いのは祐司であった。

二十九歳と、間もなく三十路《みそじ》を迎えるのであるが、この場ではほんの若僧だ。あとはみんな、還暦過ぎの爺さまたちである。祐司を除けば、平均年齢は間違いなく七十歳を越えている。

(昨日と同じだな)

デジャヴのような光景にも、倦怠感《けんたいかん》が募る。

家庭風呂が当たり前になって、何十年経つのだろう。銭湯は地域社会の中で、役割を失った存在と言えるのではないか。

にもかかわらず、ここが細々と営業を続けていられるのは、懐かしさと情緒を愉《たの》しみたいひとびとが、町内や近隣に一定数存在するからであろう。

この「寿湯《ことぶきゆ》」は、男湯と女湯のあいだに番台がある、昔ながらの銭湯だ。創業以来、見た目はほとんど変わっていないのではないか。

浴場の壁に描かれた富士山も、いかにも年季が入っているふうである。頭痛薬の商品名が印字された黄色のタライといい、懐旧《かいきゅう》にひたるのに、これほど相応《ふさわ》しい場所はあるまい。

もっとも、祐司は趣味や気まぐれで訪れたのではない。自宅のガス給湯器が故障したため、やむなく来たのだ。

そういう緊急時でも風呂につかれるのが、銭湯のいいところである。だが、こうして湯屋に集《つど》う年寄りたちがいなくなれば、ここも立ち行かなくなるだろう。

そうなったら、もしものときでも気軽にからだを洗えない。遠くの健康ランドにでも行くしかないのだ。

（現代の暮らしには不要に見えても、ずっと大切にしなくちゃいけないものがあるんだよな……）

そう考えると、時代に取り残されたようなこの銭湯も、愛《いと》おしく思えてくる。そして、銭湯のある我が町を、自分たちで守り立てていかねばならないのだ。

とは言え、できることには限度がある。

ここ掛上町《かけあげちょう》は、東京都某区の一角にある。河川敷で有名な川が近くを流れ、この銭湯に象徴されるような下町情緒あふれるところだ。

東京への一極集中が指摘されて久しい。けれど、都内のどこでも人口が増加しているわけではない。中には人口減や、急速に進む高齢化への対策が待ったなしのところもある。

ここ掛上町は、まさに高齢化と人口減の課題を抱えた町であった。

それを象徴するかのように、商店街もめっきり客が減った。シャッターを下ろした店も少なくない。商売が成り立たなくなったからばかりでなく、後継者がいないために廃業した店もある。

商店ばかりではない。昔からある町工場や卸商も減った。客が入るのはあとから参入したスーパーやコンビニ、大手チェーンの飲食店ぐらいだ。大通りをそれらの店舗が占領し、地元資本のところは狭い通りに面したところで、細々と営んでいた。

若い世代もいちおういる。しかし、多くはサラリーマンで、町内で働く者は少ない。祐司も区の商工会議所に勤めており、勤務先は区の中心部だ。昼間町内にいるのは、ほぼ年寄りと言ってもいい。

そういう町だから、銭湯の客も老人ばかりなのだろう。

そもそも若者は、裸の付き合いなど好まない。ここにいる年寄りたちとて、家に風呂がないわけではあるまい。知り合いと交流するため、あるいは懐かしさにひたるため、こうして湯につかりに来るのだ。

現に、愉快そうに語らう者同士がいる。ひとりでいる者も、湯の中で気持ちよさそうに目を閉じていた。まさに至福のひとときというふうに。

老人の社交場、癒《い》やしの場である銭湯で、祐司は昨日のことをぼんやりと思い返した。やはり若手は自分ひとりという状況で、ややこしい任務を押しつけられたのだ。

（……おれにアイドルのプロデュースなんてできるわけないよ）

やれやれと嘆息し、顎まで湯に沈む。のぼせかけたか、頭がボーッとしてきた。

昨日は祭の話し合いがあり、町内会の幹部が集まった。祐司の父は常任幹事をしているのだが、ぎっくり腰で動けなかったため、代理で出席したのである。

議題である祭は、町内にある神社を中心に行われる。もともとは商売繁盛を祈願した、厳《おごそ》かなものであったそうだ。

けれど、今では堅苦しい神事は影をひそめ、ちょうど桜の季節ということもあり、花見を兼ねた人寄せのイベントとなっていた。

広い境内《けいだい》には、見事な桜の木が数本ある。祭は「掛上桜祭り」と称され、屋台も出るし、カラオケ大会などの催《もよお》しもあった。

しかしながら、参加者は年々減る一方だ。

大きな祭なら、余所《よそ》からひとを呼ぶこともできよう。ところが、掛上桜祭りは単なる町内の催しでしかなかった。区内でも知らぬ者のほうが多い。町内の人間だって、特に若い世代はあまり関心を寄せていない。

そのため、昨夜の話し合いでは、いかに多くの客を呼べるかということがテーマになったのだが――。

「とにかく、このままではジリ貧だ。へたをすれば、祭そのものが続けられなくなるかもしれん」

町内会長が危機感たっぷりに訴えると、幹部の面々は神妙な面持ちを見せた。とは言え、そうそう起死回生のアイディアなど出るはずがない。

「やっぱり、何か新しいことをせにゃならんのぅ」

誰かが勿体《もったい》ぶった口調で言ったことに一同がうなずく。だが、建設的な意見を口にする者は皆無だ。一様に腕組みをし、唇を引き結んでいる。

町内会の会合に出るのは、祐司は初めてだった。車座になった十名余りの中で、自分だけが若手。あとは町の長老ばかりで肩身が狭く、末席で縮こまっていた。

一月の下旬で、寄合所の和室には石油ストーブが赤々と燃えている。外の寒さに対抗するみたいに室内は暖かく、眠くてたまらない。重くなる瞼《まぶた》を、祐司は懸命に持ちあげていた。

そのとき、長老たちの中では比較的若いほうのひとりが、一同を見渡しながら手を挙げた。橋本《はしもと》という、祐司の家の隣に住む男だ。

「新しいことと言っても、祭まであと二ヶ月ぐらいですから、できることは限られております。屋台や神輿《みこし》はいつもどおりとして、盛大な催しなど準備する時間はないし、あとはステージの出し物を工夫するぐらいでしょう」

「なんじゃ、有名な歌手でも呼ぶんか？」

質問に、橋本は首を横に振った。

「いえ、そんな予算はありません。だからと言って、例年どおりカラオケ大会だけでは盛りあがりに欠けます。そこで、有名な歌手は無理でも、人気が出るような歌い手をこちらで用意するんです」

「こちらで用意するとは、どういうことだ？」

町内会長の問いかけに、彼は胸を張って答えた。

「我々の手でアイドルを作るのです」

これに一同はぽかんとなった。

「アイドル？」

「三人娘みたいなやつか？」

いかにも年寄りふうな反応に、橋本はかぶりを振った。

「今は全国的にアイドルブームで、テレビで彼女らを見ない日はありません。そういうアイドルグループを町内で結成すれば、祭も盛りあがるでしょう。加えて、今後も町内の様々なイベントで活躍してもらうことで、例えば商店街にお客を呼びこむこともできるはずです」

得意げな主張に、感心した面持ちを見せる面々の中、

（いや、アイドルって……）

祐司は鼻白《はなじろ》んだ。勿体ぶったわりに、少しも目新しさがないことにもあきれていた。

いわゆる町おこしのために企画されるものと言えば、日本全国だいたい相場が決まっている。ひとつはゆるキャラであり、それからB級グルメであり、残るはご当地アイドルだ。要は手軽にプロデュースできて、うまくいけばひと儲けできるという安易な考えから発案されるのである。

たしかにゆるキャラは、メディアに取り上げられて全国に名前が知れ渡り、キャラクター商品が売れたものもある。また、B級グルメも、それを目当てに観光客が訪れる他、お取り寄せで評判なところもあると聞いた。

しかしながら、ご当地アイドルに関しては、結局のところ大手芸能プロダクションの息がかかったものでないと成功しないのだ。あとはプロデューサーが有名人だとか、

世間の耳目《じもく》を惹《ひ》く要素が必要である。単純に可愛らしい女の子を集めればうまくいくものではない。

そもそも、この寂《さび》れた町内に、アイドルに相応しい人材がいるのだろうか。ひとりやふたりならともかく、グループを結成するつもりのようであるし。

（だいたい、このひとたちにアイドルのプロデュースなんかできるのか？）

提案者をはじめ、還暦過ぎの老人たちばかりである。現在活躍しているアイドルグループの名前すら知らないのではないか。

もっとも、その点は彼らも自覚していたようだ。

「しかし、私らにアイドルなどあつらえられるのか？」

それは誰もが納得する疑問であったろう。すると、橋本が我が意を得たりというふうにうなずいた。

「今日は都合のいいことに、打って付けの人間が来てくれております」

彼の視線がこちらに向いたものだから、祐司はドキッとした。

「そういうことだから、よろしく頼むよ」

「え、お、おれですか⁉」

まさに青天《せいてん》の霹靂《へきれき》であり、寝耳に水である。祐司は訳がわからず、何度もまばたきをした。

「祐司君は商工会議所に勤めてたよな。イベントに関しては我々よりも詳しいし、どこの商工会議所か忘れたが、アイドルを育てたところもあると聞いたぞ」

「いや、ですけど」

「それに、祐司君は昔、バンドをやっていたじゃないか。音楽の素養もあるし、歌も作ってもらえるからちょうどいい」

バンドといっても、やっていたのは高校の文化祭で披露しただけの、騒音みたいに下手くそなロックである。今でもたまにギターを鳴らすことはあっても、音楽活動などしていない。妙な期待をされても困る。

そのとき、祐司はふと思い当たった。

(まさか、昔うるさくしたことを根に持っていて、こんなことを言い出したんじゃないのか?)

あの頃は若気の至りで、夜中でもギターをかき鳴らしていた。それで隣家から苦情を持ち込まれたことがある。

、隣家とは、すなわち橋本家だ。そのことを思い出し、仕返しか嫌がらせのつもりで、アイドルのプロデュースを押しつけるのかと勘繰ったのである。

ところが、彼は悪意の面持ちなど浮かべていない。実際、昔は口うるさかったが、今はすっかり人柄が丸くなっていた。

そうすると、純粋に相応しい人間として選んでくれたのか。

だとしても、そんな面倒ごとを任されても困るというのが、祐司の率直な思いであった。けれど、雰囲気的にとても断れない。なにしろ長老連中が、それはいい考えだというふうにうなずき合い、期待に満ちた表情を浮かべたのである。

「よし。じゃあ、その件は祐司君に任せることにしよう。我々は例年どおりのところを確認しようじゃないか」

町内会長の仕切りで会合が進められる。祐司は突き放された気分で、暫《しば》し茫然となっていた。


（――まったく、どうすりゃいいんだよ……）

壁の富士山を見あげ、祐司はまたため息をついた。

祭まであと二ヶ月。そのあいだにご当地アイドルに相応しい人間を集め、ステージでお披露目できるようにしなければならないのだ。

祭の日には、境内にしつらえられたステージで、何らかの出し物がある。ここ数年はカラオケ大会と、地元婦人会の演舞ぐらいしかなかった。

なのに、未だ何のかたちにもなっていない掛上町のアイドルのミニコンサートが、昨晩の会合で決定されたのである。それも、舞台のトリを務めることが。

境内はわりあいに広い。年々縮小傾向にある祭でも、関係者を含めてステージの出し物には、例年二百名ほどが集まっていた。

今年はアイドルのステージを前面に押し出そうと、長老たちは盛りあがっていた。相応に宣伝もされるのだろう。目新しいことがあるのならと、観客がさらに増えるかもしれない。

それだけ大勢の前で披露するとなると、適当な出し物でお茶を濁《にご》すわけにはいかない。ちゃんとしたものでないと、ブーイングの嵐であろう。

その、ちゃんとしたものを、ゼロから作らねばならぬのだ。まったく、代理で出席しただけなのに、どうしてここまでのプレッシャーを押しつけられるのか。

とは言え、アイドルが町の活性化に繋《つな》がるのは一理ある。

成功する確率は、なるほど大きくない。だが、何も全国的に有名にならずとも、ちょっとしたイベントに華《はな》やかさを添えることで、寂れた下町にも活気が生まれるのではないか。

そういう意味では、成功させたい気持ちはある。ただ、自分ばかりが重荷を背負わされるのは、納得がいかない。

実は昼間、職場の先輩に、アイドルのプロデュースに関して相談したのである。すると、会合で話が出たように、余所の商工会議所で、実際にアイドルの育成を手がけたところがあったそうだ。

だったらウチでもと期待したのだが、町内会の祭のためと告げたところ、協力は無理だと言われた。

商工会議所は公益団体である。ある程度の公共性や、利益の共有が期待できないと動けない。一部の町内活動のために、予算や人材は使えないとのことだった。

よって、勤務先の協力は望めない。だからと言って、たったひとりですべてを取り仕切るなんて、ほぼ不可能だ。

（誰か協力してくれるひとはいないかな……）

町内会幹部の長老たちには無理だろう。自分と同世代ぐらいで、アイドルに関して詳しい人間はいないものか。ただのアイドル好きではなく、メンバーを集める方法など、冷静にアドバイスしてくれるようなひとが。

考えても思い浮かばず、ますます追い込まれた気分になる。長湯して、いよいよ逆《の》上《ぼ》せそうになったので、祐司は風呂からあがった。

気がつけば、他の客の姿がない。壁の時計を見あげると、終い湯の時刻だった。

（……一杯やって帰ろうかな）

それこそ、酒でも飲まなきゃやってられない気分だ。

脱衣場でのろのろとからだを拭き、新しい下着を穿いて服を着る。重い足取りで戸口に向かったところで、

「祐司君――」

いきなり名前を呼ばれてドキッとする。

「え？」

振り返ったが、脱衣所には他に誰もいない。それに、かけられた声は、明らかに女性のものだった。

まさかと思って番台を見あげるなり、そこにいた人物に胸の鼓動が高鳴る。中学高校で一学年上の、寿《ことぶき》美奈代《みなよ》だったのである。

三十路ながらも愛らしい笑顔は、昔とほとんど変わっていない。それこそ、祐司が密《ひそ》かに恋心を抱いていたときそのままだ。

彼女はここ寿湯の娘であり、番台に坐っていても何ら不思議はない。祐司が入った

ときには、彼女の祖母がそこにいたのだが、途中で交代したらしい。

（あれ、だけど、美奈代先輩は結婚して家を出たんじゃ――）

三年ほど前に嫁いで、苗字も変わっている。そのことを思い出したとき、予想もしていなかったことを言われた。

「祐司君のオチンチン、見ちゃった」

悪戯《いたずら》っぽい笑顔に、祐司は赤面した。

2

久しぶりだから飲みましょうと誘われ、祐司は美奈代と近くのスナックへ行った。女の子がいるようなところではない。狭くて雑多な店は、年配の夫婦がふたりでやっている。お客も町内の顔なじみばかりで、気の置けない雰囲気があった。

そのぶん、一見《いちげん》の者には敷居が高いであろう。祐司も以前、地元の先輩に連れられて来たから入れたようなものだ。

もっとも、この店を選んだのは美奈代である。彼女はたびたび来店しているのか、店のママとも気安く言葉を交わした。

「こんばんは。テーブル席でもいいかしら？」

「ええ、どうぞ。空いてるから、どちらでも」

お客が三人ほどいたカウンターの他は、テーブル席がふたつある。そのうちのひとつに、ふたりは坐った。向かい合わせではなく、壁際のソファーにふたり並んで。美奈代がそうするように促したのだ。

「寿湯さんのボトルでいいわね。水割り？」

ママが訊ねる。

「ええ。祐司君もそれでいい？」

「あ、はい」

「じゃあ、氷とお水と、グラスをふたつお願いします」

注文したものが、すぐに運ばれてくる。美奈代は手慣れたふうに水割りをこしらえ、コースターの上に置いた。

「さ、どうぞ」

「ど、どうも」

祐司は恐縮して頭を下げた。

ふたりで飲むのをふたつ返事でＯＫしたのは、すでに人妻とは言え、憧れていた先輩の誘いだったからだ。それに、ちょうど飲みたい心境でもあったし。

加えて、アイドルのプロデュースに関して、相談したかったためもある。美奈代がそれに相応しい人間かどうかわからないが、とにかく誰でもいいから話を聞いてもらいたかった。

もっとも、気になることが少々ある。

(先輩、おれのアソコを見たって言ったよな……)

これまでも番台に坐ったことがあったのだろうし、男性器など見慣れているはず。ましてや、夫だっているのだ。だからこそ恥じらうこともなく、あんなふうにあっけらかんと告げたのだろう。

しかし、見られた側は開き直れない。何しろ、湯上がりで皮が伸びきり、亀頭がほとんど隠れていたに違いないのだ。

(包茎だって思われたかも)

毎日の習慣になっているオナニーのせいか、包皮がたるみがちなのである。油断すると、すぐに尖端まで覆ってしまう。さっきもそうなっていた可能性は、充分すぎるほどあった。

三十路近くになっても日々自慰《じい》に励んでいるのは、恋人がいないからだ。さすがに童貞でこそないものの、経験はいたって乏しい。大学時代、ほんのわずかの期間だけ、女の子と付き合った程度なのである。

それにしたところで、相手はかなり遊んでいた女の子で、男の純情を弄《もてあそ》ばれたにも等しい。並行して複数の男とも関係を持っていたことがあとでわかったし、ほとんど捨てられるみたいにして別れたのも、彼女をセックスで満足させられなかったからであろう。

それ以降はとんと女性に縁がない。右手が唯一の恋人であった。

おかげで今も、憧れだった女性とふたりで飲むという最高の状況にありながら、初体験のとき以上に緊張していたのである。

「それじゃ、乾杯」

美奈代がグラスを差し出す。祐司は慌てて自分のグラスをぶつけたものの、手が震えていたせいで、危うく落としそうになった。

(くそ、情けないなあ)

いい年をしてこんなふうだから、彼女ができないのだ。軽く落ち込み、隣の先輩女子をチラ見する。

(相変わらず綺麗だな……)

顔立ちが整っているばかりではない。優しさと慈愛に満ちた眼差《まなざ》しとか、あどけなさの残るふっくらした頬とか、すべてが祐司好みだ。

それから、面倒見がいいところも。昔から美奈代は、誰にでも気さくに声をかけるひとだった。こんな素敵な奥さんをもらった旦那《だんな》が、羨《うらや》ましくて仕方がない。

彼女が高校を卒業した後は、進学先が異なったうえに家も離れていたから、同じ町内に暮らす先輩後輩という間柄でしかなくなった。たまに顔を合わせても、軽く挨拶をする程度だったのである。そのため、恋心はいつしか薄らいでいた。

それでも、寿湯の美奈代ちゃんが結婚したという話を人づてに聞いたときには、けっこうショックを受けたのである。

(美奈代先輩が嫁いだのって、隣町だったよな)

苗字も江西《えにし》と変わったはずである。そのことを思い出したとき、

「どうしたの、ぼんやりしちゃって」

彼女に話しかけられ、祐司は我に返った。

「え？　ああ、えと——先輩は、どうして番台に坐ってたんですか？」

「どうしてって？」

「いや、お嫁にいったはずなんじゃ」

そこまで言ってから、祐司は（しまった）と後悔した。もしかしたら離婚して、出戻ったのかもしれないではないか。

ところが、そうではなかった。

「わたし、結婚してからも、しょっちゅう実家に帰ってるのよ。近いし、旦那が仕事で遅くなったりとか、出張のときとかは必ず」

そうすると、夫は出張中なのか。だからこそ、こうして後輩を誘い、旧交を温める気になったのだろう。

「ところで、何を悩んでいたの？」

唐突な問いかけに、祐司はきょとんとなった。

「え、悩んでって？」

「お風呂から上がったあと、ずっと考え込んでいるみたいだったもの。それも、けっこう深刻そうに」

アイドルのプロデュースをどうすればいいのか、思い悩んでいたのは確かである。もしかしたら、それで心配になり、相談に乗ってあげようと誘ったのだろうか。

（なんて優しいんだろう）

祐司は感激し、藁《わら》にも縋《すが》る思いで自らに課せられた使命を打ち明けた。藁にもなんていうのは先輩に失礼だったなと、胸の内で詫びながら。

「なるほど、ご当地アイドルね」

話を聞き終え、そういうことかという顔でうなずいた美奈代が、ニッコリと白い歯をこぼす。

「うん。アイディアとしてはいいと思うわ。祭も盛りあがるだろうし、けっこう面白そうじゃない」

「はい。おれもそう思います」

安易な思いつきだと内心で馬鹿にしたことも忘れ、祐司は犬みたいに尻尾を振った。

「ただ、それをおれひとりでやるとなると、どうにも重荷で」

「それはそうでしょうね。上のひとたちも押しつけるだけじゃなくて、きちんと支援してくれればいいのに」

「ほんとにそうですよ」

「まあ、町内会のお年寄りが何人集まったところで、役には立たないでしょうけど」

手厳しいことを口にしてから、美奈代が小首をかしげる。

「そうすると、祐司君もどうすればいいのか、まったくわからないわけね」

「はい。どこから手をつければいいのか、皆目見当がつかなくて」

「それはやっぱり、メンバー集めからでしょうね。ていうより、頭数さえ揃えば、あとはどうにでもなると思うけど」

「メンバーといっても、アイドルで通用するような女の子がどこにいるのか、さっぱりわからなくて」

するると、彼女がかぶりを振った。

「ああ、そういう考え方をしてちゃダメよ」

「え、どうしてですか？」

「結成するのはテレビに出るようなやつじゃなくて、町内のアイドルってことよね。だったら、どんな世代にでも人気が出るように、メンバーを選ばなくちゃいけないわ。それこそ、子供からお年寄りにまで愛されるように」

美奈代の指摘は、祐司には理解し難いものであった。イメージしていたのはミニスカートの若い娘たちが笑顔を振り撒《ま》くという、それこそありがちなものであったから。

「ええと、子供からお年寄りまでっていうと、メンバーの構成に幅を持たせるっていうことですか？」

訊ねると、彼女が「そのとおりよ」とうなずく。

「もちろん、アイドルっていうイメージから大きく逸《そ》れない程度にね。基本は女性だろうし、だけど、若さを前面に出す必要はないと思うわ。三十歳を越えててもいいし、結婚していてもいいんじゃない？」

人妻をアイドルに抜擢しろというのか。それは無理があるのではないかと思ったものの、目の前の先輩も結婚しているのである。

（いや、けっこういいかもしれないぞ）

祐司は思い直した。

人妻にしか出せない色気とか、包容力とか、既存のアイドルにはない魅力が期待できるのではないか。それに、いろいろなメンバーで構成したほうが下町っぽいし、幅広い年齢層にアピールできるだろう。

だったら、手始めに美奈代からメンバーになってもらえばいい。

考えたものの、祐司は彼女にお願いすることができなかった。なまじ憧れの先輩であるがゆえに、妙な下心があるように取られる気がしたのだ。

「じゃあ、誰がいいと思いますか？」

「とりあえず、涼子《りょうこ》ちゃんに声をかけてみたらどうかしら。西岡《にしおか》食堂の」

言われて、祐司はなるほどとうなずいた。

西岡食堂は、掛上町に古くからある。ガラスの陳列ケースに色褪《あ》せた食品サンプルの並んだ、昔の映画に出てきそうな佇《たたず》まいの店だ。

今の主人は二代目で、すでに五十路《いそじ》を越えている。店そのものも、主人と同じぐらいの年数ではあるまいか。

祐司も何度か入ったことがある。メニューは外の食品サンプル以外にもあって、わりあいに豊富だ。お客はほとんど町内の人間ながら、安くて美味《おい》しいと繁盛している。

その西岡食堂に、去年の春から勤めているのが、吉田《よしだ》涼子である。東北出身とのことで、伝え聞いたところによれば、年は二十三歳らしい。

色白で目のぱっちりした、愛くるしい面立ち。セミロングの髪を覆う三角巾と、白いエプロンがよく似合う。明るい接客態度も好評で、謂《い》わば店の看板娘だ。

(うん。涼子ちゃんがメンバーになってくれれば、人気が出るに違いないぞ)

食堂の人気者であり、老若男女に好かれている。町内のアイドルに、これほど相応しい子はいない。

「そうですね。涼子ちゃんならいいと思います」

「でしょ? とりあえずひとり目さえ決まれば、あとのメンバーはスムーズに集められると思うわ」

そう簡単にいくかどうかは不明だが、とにかく動きださねばならないのである。

「だけど、引き受けてもらえるでしょうか」

「そこは祐司君の腕の見せ所じゃない？　ていうか、最初から腰が引けてちゃダメよ。突破口を開くつもりで、自信を持ってアタックしなさい」

激励され、そうだよなと気持ちを引き締める。とにかく任された以上、自分がしっかりしなければならないのだ。

それに、美奈代に励まされると、何でもできそうな気がしてきた。

「わかりました。頑張ります」

きっぱり告げると、彼女が満足げにほほ笑んだ。

「しっかりね。それじゃ、アイドル結成がうまくいくことを願って、乾杯」

水割りのグラスが掲げられる。祐司は照れくささを覚えつつ、「乾杯」とグラスと重ねた。

3

とは言え、アイドルのスカウトなど、そうそう気楽にできることではない。

（うう、断られたらどうしよう……）

翌日、仕事終わりで西岡食堂を訪れた祐司は、かなり緊張していた。注文した肉野菜炒め定食の味も、よくわからないほどに。

横目でチラチラと窺《うかが》う先には、この店の看板娘である涼子が、甲斐甲斐しく働いている。十脚ほどの古びたテーブルのあいだを行き来して、料理を運んだり水を注いだり、用済みの食器を片付けたりする。

そのあいだにも彼女は、お客たちと親しげに言葉を交わし、朗《ほが》らかな笑顔を見せていた。見た目も性格も二重丸である。

可愛らしい子だというのは、前々からわかっていたはず。なのに、祐司の胸は今さらのように高鳴っていた。

アイドルにスカウトしなければならないプレッシャーが、動悸《どうき》を激しくさせるのか。いや、彼女をこんなふうにじっくりと観察したことがなかったから、魅力を再認識してときめいたのだ。

おかげで、ますます声をかけづらくなった。

(ええい。こんなことでどうするんだよ)

第一歩を踏み出さなければ、何も始まらない。それに、美奈代だって応援してくれたのだ。

昨夜、彼女とは二時間以上も飲み、楽しく話した。同じ学校に通っていた中学高校時代だって、そこまで長く話したことはなかったのに。先輩女子と気安く話せるような、社交的な性格ではないのだ。

もしかしたらあれは、女性に対して自信がつくようにと考え、付き合ってくれたのかもしれない。

(まあ、それは考えすぎか)

ともあれ、憧れの先輩と親しく語らったことで、声をかける勇気が湧いたのは確かである。ここで怖《お》じ気づいたら、美奈代に申し訳ない。

(先輩のためにも頑張らなくちゃ)

怯《ひる》む気持ちをぐっと抑え込む。涼子が水を注ぎに来てくれたのをこれ幸いと、祐司は思いきって声をかけた。

「あの、涼子ちゃん、ちょっといい？」

「え？」

きょとんとする彼女に、桜祭りのためにアイドルを結成することになったことを説明し、そのメンバーになってもらいたいとお願いする。愛らしい容貌を前にして緊張し、少々しどろもどろだったかもしれないが、どうにか必要なことは伝えることができた。

すると、看板娘が怪訝《けげん》そうに小首をかしげる。

「ええと、春木さんでしたよね？」

「ああ、うん」

「どうして春木さんが、そんなお願いをするんですか？」

立場を明かしていなかったのであり、不審がられるのは当然だろう。

ただ、常連でもない自分の名前を知っていたのに驚かされる。名乗ったことがあったかもしれないが、お客の名前を全員記憶しているのだろうか。

「ああ、ご、ごめん。実は、このあいだ町内会の集まりがあって――」

父親の代理で出席し、商工会議所に勤めていることもあって、アイドルのプロデュースを任されたことを打ち明ける。涼子はなるほどという顔でうなずいた。

そのとき、厨房のほうから「レバニラあがったよ」と声がかかる。

「はーい。あ、すみません。そのお話は仕事のあとで伺いますから、ええと、九時ぐらいにまた来ていただけますか？」

「あ、うん」

「それじゃ――」

テーブルを離れ、カウンターに向かった彼女を見送り、祐司はとりあえず安堵した。

(あとで話を聞いてくれるってことは、脈があるんだよな……)

引き受けてくれるかどうかは別にして、いちおう目的は果たしたのである。ちゃんと声をかけられた自分を、褒めてあげたい気分だった。

祐司は食事を終えると、お金を払っていったん外へ出た。店は八時半までだから、閉店後に会ってくれるのだろう。

出直すことにして家に戻り、頃合いを見て、再び西岡食堂へ行く。すでに閉店しており、入口は内側にカーテンが引かれていたものの、明かりは点《つ》いていた。

そして、五分と待つことなく、涼子が現れる。

「お先に失礼します——あ、春木さん。お待たせしました」

戸口で中の主人に挨拶をした彼女が、こちらを振り返ってニッコリ笑う。祐司はしゃちほこ張って、「ああ、いえ」と答えた。

それ以上の言葉が出てこなかったのは、三角巾とエプロンをはずした姿が、やけに新鮮だったからだ。七分袖《そで》のニットにジーンズというシンプルな装《よそお》いは、若い娘らしい清らかな魅力があった。

「ええと、わたしの部屋でいいですか?」

「え、部屋って？」

「アイドルのこと、もう少し詳しく教えてください」

キラキラした眼差しで言われ、けっこう乗り気なのだと悟る。どうやら住まいへ招き、話を聞きたいらしい。

(いいのかな？)

他に適当な場所も思いつかなかったので、お言葉に甘えることにした。企画の説明をするだけだから、それほど時間はかからないだろう。

エプロンなどが入っているらしき、布製のバッグを肩に提げ、涼子が先導する。その後ろを歩きながら、祐司の視線は自然と彼女の下半身へと向いた。ジーンズに包まれたヒップが、ぷりぷりとはずんでいたからだ。

(いいおしりをしてるんだな……)

まだ若いのに、たわわに実ったそこは、熟れた色気を振り撒く。厚手の布が、今にもはち切れそうだ。店ではそんなところまで観察しなかったから、意外なセクシーさに心惹かれる。

おかげで、ついまじまじと見入ってしまった。

(何をやってるんだよ、まったく)

気がついて己《おのれ》を恥じる。アイドルにスカウトしたばかりなのに、いやらしい目で見てどうするのか。商品に手を出すエロプロデューサーじゃあるまいし、今からこんなことでは先が思いやられる。

と、自らを戒《いまし》めたはずが、その後も何度となく丸みに目を奪われてしまった。これは男の哀《かな》しい性《さが》なのか。

「こちらです」

到着したところは、町外れのアパートだった。築三十年は優に経っていそうな、古めかしいものである。

（こんなところに住んでいるのか……）

女の子が選ぶにしては、渋い賃貸である。食堂勤めだけでは給料が乏しく、安いところにしか住めないのかもしれない。

彼女の部屋は一階であった。防犯上、若い女性は二階のほうがいいと聞いたことがあるが、特に気にしていないのか。まあ、こういう昔ながらのアパートに可愛らしい娘が住んでいるとは、誰も想像しないだろうが。

「さ、どうぞ」

「おじゃまします」

中は入ってすぐが狭いダイニングキッチンで、奥に部屋がある。間取りは１ＤＫのようだ。

横目で確認すると、食卓脇のガラス戸棚には、独り暮らしとは思えない数の食器が揃っていた。狭いキッチンにも、調理器具が充実している。

（料理が好きなんだな）

食堂では給仕専門ながら、自宅では様々なメニューをこしらえ、自分が食べるために腕を振るっているのではないか。だから食器や器具が多いのだろう。

ところが、奥の八畳間に通されるなり、（え？）と立ち尽くす。きちんと片付けられた和室の、入ってすぐのところにあった飾り棚に、ツーショットの写真があったからである。

お洒落《しやれ》なフォトフレームにおさめられた写真の、ひとりはもちろん涼子。そして、笑顔の彼女と頬をくっつけるように寄り添っているのは、見知らぬ男であった。

（なんだ、彼氏がいたのかよ……）

そんな噂はついぞ耳にしていなかったから、こっそり付き合っていたのか。食器が多かったのは、彼氏に手料理を食べさせるためだったようだ。

祐司は密かに落胆した。アイドルにスカウトしようと思っていたのに、すでに他の男のものになっていたことで、出端《ではな》をくじかれた気分になったのだ。

それでも、彼女以上に町のアイドルに相応しい子はいない。活動中は恋人の存在を隠してもらうしかないだろう。

「彼氏がいたんだね」

写真を見ながら訊ねると、振り返った涼子が「違いますよ」と即答する。ニコニコしているから、嘘をついているわけではなさそうだ。

「え、それじゃ、お兄さん？」

これにも、彼女は「いいえ」と答えた。テレビ台のところに置いてあった銀のリングを手に取り、指にはめる。それも、左手の薬指に。

シンプルな指輪に、祐司は思わず「あっ」と声をあげた。

「それじゃ、このひとは——」

「はい。主人です」

食堂の看板娘は、なんと人妻だったのだ。

（……ああ、だからなのか）

思い出されたのは、ジーンズに包まれた豊満な尻。若いのに色気たっぷりだったのは、すでに結婚していたからなのか。

愛らしい顔立ちの印象が強く、夫がいるなんて考えもしなかった。おそらく、食堂の常連客もそうであろう。

「あの、涼子ちゃんが結婚してるのって、誰か知ってるの？」

訊ねると、彼女は「はい」とうなずいた。

「食堂のご主人と奥様は知ってます。ただ、独身のほうがお客さんのウケがいいからって、みんなには秘密にしていたんです」

西岡食堂の主人もおかみさんも、ひとが好さそうに見えた。あれでなかなか商売っ気があるようだ。

「だから、春木さんもナイショにしててくださいね」

悪戯っぽい笑みを浮かべて言われ、祐司は戸惑いながらも、「う、うん」と返事をした。

(いや、知られたくないのなら、どうして話したんだ？)

写真を見られたから、隠しておけないと悟ったのか。

だったら、部屋に入れなければよかったのだ。ところが、涼子は結婚指輪まではめて、人妻であることを自らバラした。どういうつもりなのかと、疑問が湧いたのも当然と言える。

「じゃあ、旦那さんは今どこに？」

確認したのは、夫の留守宅にふたりっきりでいることを、後ろめたく感じたからだ。妙なことをするつもりはなくとも、これではほとんど間男である。

「出張でいないんです。旅行会社の添乗員をしているものですから、海外に行くことも多くて。むしろ、帰ってくることのほうが少ないぐらいなんです」

「へえ、そうだったのか」

それでは寂しいだろうと、同情を込めて相槌《あいづち》を打つ。すると、涼子がわずかに表情を曇らせた。

「食堂で働いているあいだは、気が紛《まぎ》れていいんですけど。やっぱり夜とかは、心細くなることもあります」

その心細さを紛らすために、こうして家に招いたのか。お客に愛されて、楽しい毎日を送っているのかと思えば、プライベートはそうでもないらしい。

（まあ、旦那さんがいるんじゃ、仮にお客から口説《くど》かれたとしても、本気にはなれないだろうし）

アイドルの件はともかく、要は話し相手が欲しかったのだと、祐司は推察した。そして、その解釈は、あながち間違ってもいなかったのである。

「それに、こっちにはお友達もいないので」

「ああ、東北出身だったよね」

「はい。向こうで結婚して、主人といっしょに東京へ来たんですけど、食堂のご主人やお客さんを除けば、知り合いはほとんどいないんです」

仕事ぶりからして社交的なようであるし、友達ぐらいすぐにできそうな気もするのだが。もしかしたら、結婚していることを知られてはまずいと、親しい付き合いを避けていたのかもしれない。

「そう言えば、東北出身のわりに、言葉はなまっていないね」

「実は、両親とも東京生まれなんです」

「え、そうなの？」

「はい。父と母は結婚したあと、仕事の関係で東北に越したそうです。向こうの土地柄がすっかり気に入って、永住するつもりで家も買ったと聞きました」

両親が標準語を使っていれば、子供も自然とそれを話すようになるはず。友人関係などで、多少は影響を受けるかもしれないが、三つ子の魂《たましい》百までだ。幼い頃に身についたもののほうが強かろう。

「じゃあ、涼子ちゃんが東京に出てきたのは、旦那さんの仕事関係で？」

「はい、そうです」

「どうして掛上町に住むことにしたの？」

「お家賃が安いところを探して、ここを見つけたんです。あと、あまり都会っぽくないところも気に入りましたから」

下町の空気に、東北と通じるものを感じたのだろうか。

「だけど、旦那さんが家に帰る暇がないぐらいに働いているのなら、もっといいところに住めるんじゃないの？」

「そうですね。でも、なるべく倹約して、早めに家を買おうって決めてるんです。子供ができたら、自分たちの家で育てたいので」

夫婦で人生設計をしっかり立てているようだ。改めて眺めれば、室内には余計なものは見当たらない。貯蓄するため、慎ましい暮らしをしているのか。

「じゃあ、西岡食堂でもらうお給料も、ちゃんと貯金しているんだね」

「ええ、もちろん。あ、ところで、アイドルのことなんですけど」

「ああ、そうだったね」

ようやく本題に入り、勧められた座布団に坐って向かい合う。

事の経緯を話すと、涼子は何度もうなずいた。もっとも、食堂であらかた説明した以外に、付け加えることはあまりなかったのであるが。

一方、彼女のほうには質問したいことがあったらしい。

「わたしは結婚してますけど、それでもいいんですか？」

一般的なアイドルの定義からすれば、資格があるのかと疑問を抱くのも当然だ。人妻のアイドルなど、まずいない。

「ああ、それは心配しなくてもいいよ。町内のアイドルに相応しく、たくさんのひとたちから愛されるように、メンバーを幅広く募る予定なんだ。年齢もそうだし、結婚していてもかまわないんだ」

「そうなんですか」

「ただ、涼子ちゃんは結婚していることを隠してるんだから、べつに気にする必要はないんじゃないの？」

「それはそうなんですけど……でも、そろそろ黙っているのが心苦しくなってきたので、アイドルになるのなら、その機会に打ち明けようかなとも思って」

アイドルデビューで人妻だとカミングアウトするなんて、前代未聞だろう。まあ、話題性という面では抜群だが。

「だけど、食堂のご主人は、結婚していることをバラしてもいいって言ってるの？」

「ええ。お仕事を始めて、もう一年近くになりますし、皆さんに顔と名前を憶えていただいて、繋がりがしっかりできましたから」

もはや独身で売る必要はないということか。たしかに食堂でも、下心まる出しで涼子を口説くお客など見たことはない。むしろ、夫がいると知らせることで、妙な期待を抱かせる心配がなくなるはず。

「それじゃ、アイドルを引き受けてもらえるの？」

確認すると、看板娘——いや、看板人妻が、

「はい。わたしでよかったら」

と、笑顔で承諾してくれる。祐司は心から安堵した。

「よかった……よろしくお願いするよ」

「こちらこそ。わたしも楽しみです。だって、他にもメンバーを募るんですよね？」

「うん、その予定だけど」

「それなら、お友達になってもらえますね」

アイドル活動で仲間ができれば、夫が不在の寂しさも薄らぐはず。それも引き受けた理由のようだ。

「うん、もちろん」

「それから、春木さんもお友達になってくれますよね?」

プロデューサーの立場でお友達というのは、なんとなくそぐわない気がする。まあ、仲良くやっていこうという意味に受け止めればいいのか。

「うん。いっしょに頑張っていこう」

朗らかに答えると、涼子がはにかんだ笑みを浮かべる。それがやけに艶《つや》っぽかったものだから、祐司はドキッとした。

(え、なんだ?)

座布団の上で、たわわなヒップがモジモジと揺れている。どうも様子がおかしい。

(おれ、何か変なことを言ったっけ?)

焦り気味に彼女とのやりとりを反芻《はんすう》したものの、それっぽい部分は思い当たらなかった。

「それじゃ、準備しますね」

若妻がいそいそと腰を浮かせる。何をするのかと見守っていれば、押し入れを開けて布団を取り出した。

「え、え?」

うろたえる祐司にはかまわず、それを畳に敷く。シーツをきちんと整え、枕もふたつ並べた。これはもう、同衾《どうきん》の御膳立てに他ならない。

いや、ただ寝るだけとは思えなかった。まだ就寝する時刻ではないし、掛け布団がない。

おまけに、涼子がためらいもなくニットを脱いだのだ。

(わ——)

上半身の白い肌があらわになる。祐司は反射的に目を見開いた。

ブラジャーはいかにも人妻っぽい、シンプルなベージュ色だ。そのぶん、やけに生々しい。谷間が深く、おっぱいは意外と大きいようだ。

これはもう明らかに、セックスをするつもりなのだ。

「あ、あの、何をするの?」

わかっていながら訊ねたのは、彼女の意図がまったく摑《つか》めなかったからである。

「何って、エッチですよ」

ストレートな返答に、反射的に「ど、どうして」と訊《き》き返す。

「だって、お友達になってくださるんですよね?」

「いや、それはそうだけど」

「友達なら、わたしのつらさを理解して、助けてくれるのが当たり前ですよね?」

「それは、まあ……」

「わたし、もうずっとエッチをしてないから、毎晩切なくてたまらなかったんです」

露骨な告白に頬が熱くなる。夫はなかなか帰らないし、帰っても疲れていて、その気にならないのか。

ともあれ、ここまで大胆なことが言えるのは、年上の男を本当に友人と見なし、気を許したからなのだ。

(いや、単に欲求不満を晴らす口実じゃないのか?)

そんな思いが顔に出たのか、涼子がチロッと舌を出す。取り繕《つくろ》うように打ち明けた。

「わたし、エッチが大好きなんです。毎日でもしたいぐらいに」

愛らしい面立ちに不似合いな、あからさまな台詞《せりふ》。漂ってくる女体の甘い香りにも幻惑させられ、祐司は軽い眩暈《めまい》を覚えた。

4

「実は初体験も、中学生のときだったんですよ」

涼子があっけらかんと打ち明ける。東北出身の純朴な娘だと思っていたのに、その口から次々と出るのは、まったくもって予想外の告白ばかりだ。

「そ、そんなに早く？」

「住んでいるところが田舎《いなか》だったから。ああいうところって娯楽がほとんどなくって、男の子と付き合うと、エッチぐらいしかすることがないんです」

田舎だから純朴というわけではないらしい。もちろん、みんながみんな、涼子のように奔放ではあるまい。

「するのって、自分の家で？」

「いいえ。ウチは母がいましたし、彼の家も、みんなだいたいお祖母《ばあ》ちゃんやお祖父《じい》ちゃんがいましたから」

「え、みんなって？」

「あっちで付き合った彼氏、みんなです。三人しかいませんけど」

愛らしい笑顔を振り撒く涼子は、きっとモテたことであろう。三人でも少ないぐらいかもしれない。

「そうすると、その——したのは全員彼氏？」

「当たり前じゃないですか。わたし、誰とでもするような軽い女じゃありません」

などと言いながら、知り合いになったばかりの男の前で、下着姿を晒《さら》しているのである。あまり説得力がない。

「それじゃ、彼氏とはどこでしたの？」

「外が多かったですね。山の畑のそばとか、納屋の陰とか。あ、学校でしたことも、何度かあります」

見つかったらどうするつもりだったのか。そんなふうに危険を冒してまで交わったのは、若さと好奇心もあったにせよ、本当にセックスが好きなのだろう。それに十代なら、男のほうも鼻息荒く求めたに違いない。

「あ、雪が降ったときにはかまくらをこしらえて、その中でしたこともありました」

ロマンチックなのかサバイバルなのか、よくわからない。祐司は困惑を通り越して、あきれ返った。

「わたし、結婚したら毎日エッチができると思ってたんです。でも、主人があまり帰らなくて、全然満たされていないんです」

まるでセックスのために結婚したかのような口振りだ。

「だけど、旦那さんが添乗員をされるっていうのは、結婚前からわかっていたんだよね？」

「こっちの本社に来る前は、旅行の企画を担当するって話だったんです。なのに、添乗員が不足しているからってそっちに回されちゃって。まあ、お給料はそのぶんいいんですけど」

仕事のことばかりでなく、夫婦生活の面でも予定が狂ったわけか。セックスが好きなのに、春に上京して以来、十ヶ月も性的に満たされない日々を送っていたら、浮気をしてもかまわないという心境になるかもしれない。

「そんなことはどうでもいいですから、とにかく始めましょう」

浮かれ口調で言い放ち、膝立ちになった涼子が、ジーンズを無造作に脱ぎおろす。二十三歳と若くても、成熟した色香を放つ腰回りに張りつくのは、黒いパンティであった。

とは言え、セクシーなものではない。デザイン的には、ごくシンプルだ。

上下不揃いの下着は、日常的な生々しさがある。普段の生活を覗き見るみたいな背徳感もあった。そのため、祐司は困惑していたことも忘れ、あられもない姿の若妻を凝視してしまった。

（なんて色っぽいんだろう……）

長らく女体から遠ざかっていたためもあり、劣情がこみ上げる。股間もムクムクと膨張し、ズボンの前を盛りあげた。

それを目ざとく見つけ、涼子が白い歯をこぼす。

「ふふ、オチンチン勃《た》ってる」

ストレートなことを口にして、牡《おす》の隆起に手をのばす。

「ううう」

祐司はたまらず呻《うめ》き、太い鼻息を噴きこぼした。しなやかな指が的確にペニスを捉えたことで、ズボン越しにもかかわらず、背筋がわななく快《こころよ》さを得たのである。

おかげで、その部分が限界までふくれあがる。

「わ、こんなに大きくなった」

無邪気な声に、自分がいる場所を見失いそうになる。愛らしい若妻の大胆な振る舞いは、とても現実のこととは思えなかった。

けれど、もたらされる悦《よろこ》びが、これが夢でも幻でもないことを教えてくれる。

「それじゃ、脱ぎ脱ぎしましょうね」

年上の男を子供のように扱い、涼子がズボンを奪い取る。それも、中のブリーフごとまとめて。祐司はたちまち、下半身をすっぽんぽんにされた。

彼女のほうも下着姿を晒している。だが、いきり立つシンボルまであらわにさせられては、羞恥を覚えずにいられない。

（うう、こんなのって……）

おまけに、ビクビクと脈打つ牡器官に、あどけなさの残る眼差しが真《ま》っ直《す》ぐに注がれているのだ。

「すごく立派ですね」

称賛の言葉も気恥ずかしいばかり。そんな祐司の内心など無視するみたいに、涼子は身を屈め、赤く腫《は》らした亀頭の真上に顔を寄せた。

「久しぶり……オトコの匂い」

うっとりした声音《こわね》に、ますます居たたまれなくなる。一日働いたあとで、今日はまだ入浴していない。股間は蒸れた男くささを放っているはず。

ところが、彼女は少しも不快な素振りを示さない。それどころか堪能するふうに、深々と漂うものを吸い込んだのだ。

（セックスが好きっていうか、男好きなんだな）

快感さえあればいいのではなく、男とのふれあいを求めているのではないか。

「エッチができなくて我慢できないときは、自分でしてたの？」

「自分でって、オナニーのこと？」

顔をあげた涼子が、そのものズバリの単語を口にする。

「う、うん」

「そんなことしません。だって、虚《むな》しいだけだもの」

恥ずかしがる様子もなくきっぱりと答えたから、嘘ではないのだ。男と抱き合うことなく気持ちよくなっても、彼女には意味がないのだろう。

「春木さんは、彼女がいるんですか？」

「い、いや、いないけど」

「それじゃ、自分でしてるんですね」

そう言って、柔らかな指を屹立《きつりつ》に巻きつける。よりダイレクトな快さを与えられ、その部分がビクンとしゃくり上げた。

「すごく硬いわ……」

つぶやいて、手指を上下させる。外側の皮を巧みにスライドさせ、うっとりする悦びを牡にもたらした。

「りょ、涼子ちゃん」

「ほら、こんなふうに、自分でオチンチンをシコシコしてるんですよね」

まだ若いのに、男の生理を知り尽くしたような顔を見せる。何人もの男と付き合ったうえ、今は人妻でもあるのだ。当然と言えば当然か。

そして、男根奉仕も手慣れたものだ。感じるくびれ部分や頭部粘膜に適度な刺激を与え、硬い筒肉をしごきあげる。

さらに、真下の陰嚢《いんのう》にもう一方の手を添え、すりすりと撫でることまでした。

「くあああ、あ、ううう」

祐司は堪《こら》えようもなく声をあげ、上半身を揺らした。そこは自慰のときも触れることはなく、付き合った女の子も愛撫などしてくれなかったのだ。

（キンタマが、こんなに気持ちいいなんて――）

初めて知った悦びに、性感がぐんぐん上昇する。ペニスだけでなく、この場の主導権も彼女に握られていた。

「うふ。もう透明なおツユが出てきましたよ」

鈴口《すずぐち》に滲《にじ》むカウパー腺液に目を細め、人差し指の先で塗り広げる。敏感な粘膜をヌルヌルとこすられ、祐司はいよいよたまらなくなった。

「あ、あっ、ちょっとストップ」

「え？」

「そんなにしたら出ちゃうよ」

息をはずませて告げると、涼子が驚いた顔を見せた。

「春木さん、まさか、童貞じゃないですよね？」

敏感すぎるから、経験がないと思ったらしい。

「ち、違うよ。だけど、もうずっと彼女がいなかったから……」

情けなさを嚙《か》み締めつつ打ち明けると、彼女がなるほどという顔を見せた。

「じゃあ、すぐにでもオマンコに挿《い》れたくなってるんですね」

露骨すぎる四文字を、愛らしい看板娘が口にしたのである。その衝撃はかなりのものので、祐司は何も言えずに固まった。

ところが、彼女のほうは事の重大さを少しも認識していないようで、さっさと次の段階に進む。

「それじゃ、しましょ」

ペニスを握ったまま、年上の男を布団へと誘う。抵抗もできず、祐司は白いシーツの上で仰向《あおむ》けになった。

いったん剛棒から手をはずした涼子が、黒いパンティを脱ぎ捨てる。中心に逆立つ黒い秘毛を目撃して、祐司はようやく我に返った。

(もうしちゃうのか？)

早すぎる展開に戸惑ったものの、彼女は直《ただ》ちに牡腰を跨《また》いだりしなかった。膝をつき、逆向きになって丸まるとしたヒップを差し出す。

（え⁉）

心臓がバクンと大きな音を立てた。

色白でたわわな臀部《でんぶ》は、女の色香が匂い立つよう。さわればもっちりぷりぷりだと、見ただけでもわかる極上の質感。

それだけではない。涼子が胸を跨いだことで深い谷が割れ、谷底にひそむものがあらわになったのだ。

（これが涼子ちゃんの——）

皮膚がほんのり赤らんだ陰部は、秘毛がきちんと処理されている。肉の裂け目の両側には、剃《そ》り跡であろうポツポツがあった。

おかげで、淡い肉色の花弁がはみ出した佇まいが、何ものにも邪魔されずに観察できる。加えて、合わせ目に蜜汁が滲んでいるところも。

そこからこぼれ落ちるのは、温めたヨーグルトのような、なまめかしい牝臭だった。わずかにオシッコの磯《いそ》くささもある。

彼女のほうも仕事上がりで、まだシャワーも浴びていない。正直な恥臭はかなりクセがあるものの、ずっと嗅いでいたいと思わせられた。熟成されたフェロモンが、たっぷりと含まれているからだ。

それゆえ、少しも不快には感じなかった。

「オチンチンがスムーズに挿れられるように、オマンコをいっぱい濡らしてくださいね」

またも卑猥な単語を口にした涼子が、顔めがけて艶尻を下げる。明らかにクンニリングスを求めていた。

(いや、もう濡れてるみたいだけど)

恥割れに滲んでいた愛液が、見る間に雫《しずく》となる。今にも滴《したた》りそうだ。

とは言え、たとえその必要はなくとも、祐司は舐《な》めたかった。匂いだけでなく、若妻の正直な味も知りたかったのだ。

「くうう」

呻いて腰を震わせたのは、亀頭をチュッと吸われたからだ。彼女もフェラチオをしてくれるらしい。

祐司は反射的に豊臀を掴み、自分のほうに引き寄せた。

むにゅん——。

柔らかな尻肉が密着し、顔面に沿ってひしゃげる。鼻面《はなづら》が尻割れに挟み込まれ、さっきは気づかなかった酸味の強い香りを嗅いだ。汗で湿った谷間の、蒸れた匂い。

そして、口許《くちもと》にヌルッとしたものが押しつけられる。

(ああ、涼子ちゃんのオマンコが……)

彼女の影響か、胸の内であからさまな言葉をつぶやく。全身が熱くなり、軽い窒息感のせいもあって、頭がボーッとしてきた。

それでも、亀頭をペロペロと舐められることで我に返り、祐司も舌を出した。秘肉の裂け目に差し入れ、温かな淫蜜を掬《すく》い取る。

すると、女芯がくすぐったそうにすぼまった。

(ああ、美味しい)

舌に絡みつくラブジュースは、ほんのり甘かった。塩気も含まれているが、全体にまろやかだ。

もっと味わいたくて、祐司は口をすぼめた。若妻の恥部を強く吸う。

「くぅうう──ン」

子犬みたいな啼《な》き声が聞こえ、もっちり臀部がキュッと収縮した。

いっぱい濡らしてと言われたのを思い出し、愛液をすすったぶん、唾液を粘膜に塗り込める。敏感な肉芽を探って舌を律動させると、成熟した下半身が極寒に放り出されたみたいに震えた。

「ああん、気持ちいい」

艶めいた声を発したあと、涼子がいきり立つ牡棒にしゃぶりつく。はしたない声を洩《も》らすまいとしたのかもしれない。

それでも、手でしごいただけでイキそうになったのを憶えていたのだろう。口に含んで遠慮がちに舌を動かすだけの、おとなしい口淫奉仕であった。

(うう、気持ちいい)

温かな唾液をまぶされて、快いのは確かでも、いたずらに上昇する心配はなさそうだ。おかげで自身の爆発を気にかけることなく、クンニリングスに集中できた。

「ン……んふ、ふぅう」

肉根を頬張ったまま、涼子が鼻息をこぼす。それが陰嚢の縮れ毛をそよがせるのにもゾクゾクした。

(もういいんじゃないのかな)

それこそペニスが容易に入りそうなところまで、中心は潤っている。だが、切なげに喘ぐ涼子が、尻を浮かせる気配はなかった。あるいは、一度絶頂するまで舐めさせるつもりなのか。

尻割れにもぐり込んだ鼻の頭が、なまめかしくすぼまるところに当たっている。そこが若妻の秘肛であると、祐司は今さらながら気がついた。

密着する前に目撃した恥ずかしい穴は、放射状のシワが綺麗に整い、ちんまりしていた。排泄口であるとは信じられない可憐な眺めを思い出し、胸の底が妙にざわめく。ほんのかすかながら、プライベートな発酵臭を嗅いでいるためもあった。

（これが涼子ちゃんの、おしりの匂い——）

愛らしい若妻のものだけに、究極の秘密を暴いたようでゾクゾクする。

それは嗅いでいるうちに消えてしまいそうな、控え目なものであった。密かに洩らしたガスの残り香ではないのか。

（涼子ちゃんもオナラをするんだろうか……）

こんな可愛い子のものならば、いっそ顔にかけてもらいたい。そうすれば、もっと昂奮《こうふん》するに違いなかった。

秘苑を舐めつつフェチっぽいことを考えていたら、アヌスのほうも味わいたくなる。欲望にのっとり、祐司は舌を臀裂の底に移動させた。ヒクつくツボミをひと舐めするなり、若尻がビクンとはずむ。

「イヤッ」

焦りを含んだ悲鳴をあげ、涼子がぱっと飛び退《の》いた。頬を紅潮させ、涙目で睨《にら》んでくる。

「だ、ダメですよ。おしりの穴なんか舐めちゃ」

なじられて、祐司は素直に「ごめん」と謝った。だが、内心ではかなり驚いていたのである。

(あんなに大胆だったのに……)

自らクンニリングスをねだるほどだったのだ。なのに、肛門をちょっと舐めただけで、ここまで大袈裟な反応を示すとは。

もっとも、初めて見せた恥じらいのしぐさがやけにチャーミングで、ときめいたのも事実である。

「ったく……ヘンタイなんだから」

まだブツブツとこぼしているのは、照れ隠しもあったのだろう。目を合わせようともしない。

(可愛いな)

夫がいるとわかっても、惚れてしまいそうだ。

「またおしりの穴を舐められたくないから、エッチしちゃいますよ」

眉間にシワを刻んだ涼子が肉根を摑み、腰に跨がってくる。赤くなった顔を見られたくなかったのか、背中を向けて。

熟れたおしりが屹立の真上におろされるのを、祐司は淫らな期待に胸をふくらませて見つめた。今日、親しく言葉を交わしたばかりの若妻と、これから肉体を繫げるのである。

(まさかこんなことになるなんて……)

それでも、ひとり目から文字通りに色好《いろよ》い返事がもらえたことで、祐司は町内アイドルのプロデュースに意欲を燃やしていた。このぶんなら、次もきっとうまくいくに違いない。

「い、挿れますよ」

声をかすかに震わせて告げた涼子が、からだをすっと下げる。温かく濡れた秘芯に触れていた尖端が、柔穴にヌルリと入り込んだ。

「おおお」

祐司は背中を浮かせ、女体の美感触に酔いしれた。

第二章　脱いだらすごいの

1

翌日、涼子にＯＫの返事をもらったことを電話で報告すると、美奈代は『そうでしょう』と誇らしげに言った。まるで、わかっていたような口振りだ。

「やっぱり、先輩の目は確かですね。涼子ちゃん、絶対アイドルに向いていると思います」

『うん、きっと頑張ってくれるはずよ。ひと前で何かすることも好きなはずだし、あの子の笑顔は最高の武器になるわ』

「本当にそうですね」

『ところで、彼女とはどこで話をしたの？』

美奈代の問いかけに、祐司はドキッとした。若妻のアパートで甘美なひとときを過ごした場面が、不意に蘇《よみがえ》ったからだ。

「あ、ああ、えと、西岡食堂で話したあと、涼子ちゃんの部屋で」

『ふうん』

何ということもない相槌にも、激しく動揺する。そんなはずがないのに、昨晩の行為を見透かされている気がしたのだ。

(電話で話して正解だったな……)

顔を合わしていたら、何かあったに違いないと怪しまれたのではないか。

『ということは、あのことも教えてもらったの？』

「え、あのことって？」

『結婚していること』

これに、祐司は驚いた。

「ど、どうして知ってるんですか⁉」

『どうしてって、そのぐらいわかるわよ。涼子ちゃんとは何度も会ってるんだもの』

そうすると、本人から聞いたわけではなく、見た目や言動で見抜いたというのか。同性だから察した部分もあるのかもしれない。

(鋭いんだな、美奈代先輩……)

祐司は舌を巻いた。涼子がアイドルを承諾することも含めて、本当に何もかもわかっていたらしい。今も顔を合わせていたら、愛らしい看板娘とセックスしたことを、たちまち見破ったであろう。

そんなことを考えたら、昨晩のことがいよいよ詳細に思い出される。祐司は落ち着かなくなった。

『とにかく、涼子ちゃんが引き受けてくれたんなら、幸先のいいスタートが切れたじゃない。この調子で頑張りなさい』

先輩の励ましも、耳に遠く響く。いつしか祐司の脳内は、淫らな記憶に占領されていた――。

「ふぅううーん」

逞《たくま》しい牡を膣《ちつ》奥まで受け入れた涼子が、背すじをピンと伸ばす。ブラジャーのみの裸身を、ワナワナと震わせた。

(ああ、気持ちいい……)

彼女の中で脈打つ分身は、柔らかな粘膜にぴっちりと包まれている。これ以上に心地よい場所は他にないと確信できる、濡れ温かな蜜穴。

女性との交わりが久しぶりだったためもあったろう。時間を置いたぶん、セックスへの渇望と期待が高まっていたのだ。ようやく遂げられたという心情的な喜びも、快感をこの上ないものにしてくれた。

加えて、ナマでの挿入が初めてだったのである。

学生時代に付き合った彼女は、遊び人でセックスにも慣れていたから、必ずコンドームを装着させた。これがダイレクトに味わう、初の膣感触であった。

（これが女性のからだなのか）

亀頭粘膜に、熱とヌメリが染み入るよう。気持ちよすぎて身悶えしたくなる。

「あん……春木さんのオチンチン、とっても硬い」

あられもないことを口にして、若妻がたわわなヒップをくねらせる。ふたつの丘がぷりぷりとはずんだ。

意識してなのか、膣がキュッとすぼまる。媚肉が奥へ向かって蠕動《ぜんどう》した。

「涼子ちゃんのオマンコも、すごく気持ちいいよ」

浮かされた口調で告げると、彼女が「いやぁ」と羞恥の声を洩らす。さっきは自分から禁じられた四文字を口にしたのに、言われると恥ずかしがるとは。

いや、アヌスを舐められてから、性格がすっかりおとなしくなったよう。そんなにも恥ずかしかったのだろうか。

それでも、悦びを求める気持ちは萎《な》えていなかったらしい。

「うう、春木さんのエッチ」

なじりながらも、腰を前後に振り出す。交わった性器が、ニチャッと卑猥な粘つきをたてた。

「あ──くううう」

涼子が艶めいた呻きをこぼす。腰の動きが次第に大きくなり、前後運動から回転運動、さらに上下運動へと変化した。

「あ、あ、あ、あん、感じる」

重たげにはずむ艶尻が、牡の下腹とぶつかり合い、パツパツと湿ったサウンドを響かせる。その間隙《かんげき》を、抉《えぐ》られる女芯の濡れ音が埋めた。

(うう、すごい)

粒立ったヒダが、ペニスを余すことなくこすりたてる。特にくびれ部分をくちくちと刺激されると、くすぐったさの強い快感に腰が震えた。

(これが生セックスの気持ちよさなのか……)

頭の芯が蕩《とろ》ける心地がする。

「ううう、りょ、涼子ちゃん」

荒ぶる息づかいの下から名前を呼んでも、彼女は振り返らない。感じている顔を見られたくないのか、一心に腰振りを続ける。

逆ハート型のヒップの切れ込みに、蜜汁に濡れた肉棒が見え隠れする。そこには白く濁った付着物もあった。行為に熱が入り、感じている証《あか》しである。

もちろん祐司のほうも、歓喜にまみれていた。

(激しいよ、涼子ちゃん)

このまま一方的に責められ続け、イカされてしまいそうだ。

そんなことでは男がすたる。こっちも感じさせてあげなくてはと、祐司は腰を真上に跳ねあげた。

「きゃんッ」

甲高《かんだか》い悲鳴をあげ、涼子が身をよじる。

「そ、それいいッ」

彼女の上下運動にタイミングを合わせ、祐司は柔穴を抉った。腰がかなりつらかったものの、これが男の務めだと自らに言い聞かせて。

「ああ、あ、あん、あん、もっとぉ」

アパートの隣の部屋にまる聞こえではないかと思われるほどの、派手なよがり声。不思議と耳に心地よい。

（いい声だな。きっと歌もじょうずだぞ）

勝手に決めつけ、子宮口めがけて分身を突き挿《い》れる。内部はかなり熱を持ち、ラブジュースが飛沫《しぶき》となって陰部を湿らすほど、しとどになっていた。

さっきは手の愛撫だけで、爆発しそうになったのである。ところが、感じさせるべく懸命に奉仕することで、上昇を抑えられたようだ。

その甲斐あって、涼子が頂上へと至る。

「ああ、ああ、いい、いいの、イキそう」

乱れた声に煽《あお》られて、祐司もいよいよ限界を迎える。

「涼子ちゃん。お、おれもだよ」

呻き交じりに告げると、彼女は顔を向けずにガクガクとうなずいた。

「い、いいですよ。このままイッてください」

おそらく安全な日なのだろう。初めてのナマ挿入で中出しまでできるとは、なんて幸運なのか。

「うん。涼子ちゃんもイッて」

「はい……あ、ああ、ホントにイク――」

汗のきらめきが見える柔肌をわななかせ、若妻が歓喜の果てへと舞いあがる。

「イクッ、イクッ、くううう、す、すごいの来るぅ」

激しく突きあげられるままに裸身を揺すり、オルガスムスに身を任せた涼子が、最後に「くはっ」と息を吐き出す。脱力し、祐司の脇に崩れ落ちた。

そのため、今まさに最後の瞬間を迎えたペニスが、蜜窟からはずれてしまう。

（あ、そんな――）

祐司は焦り、粘っこい淫液に濡れた分身を摑んだ。爆発を抑え込もうとしたのであるが、走り出したら止まらない。

「ああ、あ、ううう」

めくるめく悦びにまみれ、剛直をしごく。白濁液が鈴割れにぷくっと溢れるなり、勢いよく放たれた。

びゅッ、びゅるん、ドクン――。

スローモーションのように舞いあがったザーメンは、祐司の股間や太腿《ふともも》、さらに、うずくまる涼子の艶尻も汚した。

（ああ、出ちまった……）

気持ちよかったものの、やはりもの足りない。若い人妻の膣奥に、たっぷりと注ぎたかったのに。

未練たっぷりにゆるゆるとしごかれる秘茎が、間もなく力を失う。最後の雫がこぼれたのを確認してから、祐司は指をはずした。

アパートの八畳間に、セックスの饐《す》えた匂いと、ナマぐさい精臭が漂う。絶頂の余韻にひたり、もの憂《う》さにも包まれていると、涼子がのろのろと身を起こした。振り返り、焦点の定まっていなさそうな眼差しを向けてくる。

「……すごく気持ちよかったです」

つぶやくように言い、ふうと息をつく。赤らんだ頬が色っぽい。

「おれもよかったよ」

無念さを噛み締めて告げると、彼女がうなずく。それから、飛び散った精液に目を向けた。

「外に出してくれたんですね」

自分の意志ではなく、結果的にそうなっただけなのだ。

「うん。まあ」

「ありがとうございます」

「え？」

「わたし、本当はちょっと危ない日だったんです。だけど、すごく気持ちよかったから、途中でやめられなくって」

つまり、理性が快感に負けていたのか。

（よかった……）

もしかしたら、人妻を妊娠させたかもしれないのだ。夫がいる身でも、夜の営みは稀《まれ》のようだし、誰の子供なのかと怪しまれる恐れがある。

ともあれ、涼子の満足げな表情を見て、頑張った甲斐があったと思う。中に出せなかったことなど、もはやどうでもいい。

冷えたザーメンを、若妻が甲斐甲斐しく拭《ぬぐ》ってくれる。萎えたペニスも、くびれのところまで丁寧に清めた。

「また気持ちよくしてね」

彼女は愛しさをあらわにし、尖端にキスまでした。どうやら、今夜だけで終わらせるつもりはないらしい。

（プロデュースする立場で、アイドルと関係を持つのはまずいんじゃないか？）

祐司は今さら道徳的なことを考えた。町内限定のローカルな存在でも、アイドルはアイドルだ。おまけに、彼女は人妻なのである。

ここはきっちりけじめをつけるべきだ。しかしながら、一度交わったあとで諭しても、まったく説得力がない。

どうしようかと迷っていると、涼子が何かを思いついたふうに「あっ」と表情を輝かせる。

「アイドルになれば、ファンになってくれるひとも出てきますよね？」

「そうだね。ていうか、応援してくれるファンがいなくちゃ、そもそもアイドルとしての活動は成り立たないだろうし」

「じゃあ、みんなにイイコトをしてあげれば、ファンも増えるし、わたしも気持ちよくなれるし、一石二鳥ですね」

この発言に、祐司は唖然となった。イイコトというのが性的な行為を指すと、すぐにわかったからだ。

（一石二鳥って……つまり、セックスをすればファンになってもらえるし、自分も満足ってことなのか？）

それでは会いに行けるアイドルならぬ、やらせてくれるアイドルだ。悪い噂が広まり、活動に支障が出る。
「いや、さすがにそれはまずいよ」
たしなめると、涼子が不本意だという面持ちを見せた。
「どうしてですか？　テレビに出ているようなアイドルだって、握手会をしている
じゃないですか」
握手会と性行為を同列にしてもらっては困る。だいたい、彼女の握りたいものは手
ではなく、ペニスなのだ。
「とにかく、そういうのは困るんだよ。アイドルはファンみんなのものであって、特
定の誰かと親しくなりすぎちゃいけないんだ」
「んー、だったら、春木さんがちゃんと満足させてくださいね」
交換条件みたいに言われて、やれやれと思う。ひょっとしたら、最初から欲求不満
の解消が目的で、アイドルを引き受けたのではないか。
(まあ、涼子ちゃんが適任なのは確かなんだし……)
ご機嫌を取るわけではないが、できるだけのことをしてあげようと決心する。とは
言え、いやらしい期待があったことは否《いな》めない。
「今度はちゃんと、中に出させてあげますから」

嬉しいことを言われ、鼻の下を伸ばす。ファンと妙なことになるよりはマシなのだと自らに弁明し、あられもない姿の若妻を見つめる祐司であった。

2

（本当にあの子が、アイドルに向いてるのかなぁ）

勤め帰りの夕刻、待ち合わせ場所である駅前に着いた祐司は、所在なく周囲を見回しながら考えた。

これから、アイドルにスカウトする女性に会うのだ。名前は岸野幹恵《きしのみきえ》。二十七歳で、掛上町にある工場の事務員をしている。出身は隣の区であり、親元から通っていると聞いた。

今回も美奈代の推薦である。しかし、涼子のように、なるほどと納得できるキャラクターではなかった。むしろ、本当に適任なのかと、疑問のほうが大きかった。

それに、正直なところ、引き受けてもらえるとも思えなかったのだ。

『アイドルは可愛いばかりじゃなくて、セクシーな要素も必要なのよ』

昨日の電話で美奈代に言われ、その意見には素直に納得できた。そういうメンバーがいたほうが、オジサンたちの人気も期待できよう。

だが、そのセクシー担当として推薦された幹恵は、およそ色気とは無縁だ。少なくとも祐司の目には、そう映った。

彼女が勤める工場へは、商工会議所の仕事で何度か訪れたことがある。そのとき、いつも幹恵がお茶を出してくれた。

彼女は常に地味なスーツ姿で、黒縁の眼鏡をかけている。おかっぱに近いショートカットは染めておらず、正直パッとしない印象であった。

顔立ちはいちおう整っている。だが、メイクも控え目で、自身をよく見せようという意識があまりないように感じられた。まだ若いのに、男の目など気にしていないふうである。

少なくとも、アイドルに必要な華はまったくない。けれど、先輩女子には推薦する根拠があったのだ。

『あの子、銭湯が好きみたいで、仕事帰りにウチへ寄ったことが何度かあるの。そのときに裸を見たんだけど、すっごくいいプロポーションをしてたのよ。ううん、いっそエロいからだって言えるわ』

品のない表現に、祐司は顔をしかめた。そもそもスーツ姿の幹恵を思い出しても、そうだったかなと首をかしげざるを得ない。

とにかくここは、美奈代の言葉を信じるしかない。涼子が人妻であることも見抜いていたぐらいなのだ。幹恵に関しても、周囲が気づかないような魅力を発見しているに違いない。

幹恵には、祭のことでお願いしたいことがあると電話をかけ、会ってもらう約束を取り付けた。アイドルのことは、まだ明かしていない。

涼子のように、お客さんたちから愛されている存在なら、話を持っていきやすい。しかし、地味で目立たない女事務員に、いきなりアイドルになって欲しいなんて頼んだら、詐欺《さぎ》か何かと怪しまれると思ったのだ。

(少しでも打ち解けて、話しやすい雰囲気に持っていくしかないな)

自分にそんな技量があるのかと、少々不安になる。決して女の子に慣れているわけではない。

それでも、愛らしい若妻と抱き合い、セックスで満足させられたことを振り返れば、きっとできるはずと勇気が湧いてくる。あのおかげで、以前よりも女心がわかった気になっていた。

とは言え、幹恵とも肉体を繋げるつもりなど、毛頭なかった。真面目そうだし、下ネタを口にしただけで顔をしかめられるだろう。

ここは祭を成功させるためと頭を下げ、真摯《しんし》に頼み込むより他ない。熱意が伝われば、引き受けてくれるのではないか。とりあえず食事でもして、友好的な関係を築こう。

(だけど、涼子ちゃんの隣に岸野さんが並ぶのか。バランスがとれないなあ)

もっと頭数を揃えて、賑やかにするしかあるまい。メンバーのひとりとしてなら、ああいうキャラクターがいてもいいだろう。

だったら、あと何人集めればいいのかなと考えたところで、幹恵がやって来た。彼女も仕事終わりで、今日は濃いグレイのパンツスーツである。

(相変わらず地味だな……)

トレードマークと言っていい、黒縁の眼鏡も生真面目な印象を際立たせる。祐司に気がつき、どことなく訝《いぶか》るような面持ちを見せているのは、警戒しているからではないのか。

まずは少しでも打ちとけようと、祐司は努めて明るい笑顔をこしらえた。

「こんばんは、岸野さん。仕事のあとで疲れているのに、呼び出してすみません」

年下でも、気安く話ができる感じではないから、言葉遣《づか》いが堅くなってしまう。彼女のほうも戸惑い気味に、「どうも」と頭を下げた。

「ええと、とりあえず食事をしながら話をと思ったんですけど、何か食べたいものがあったら――」

皆まで言わないうちに、幹恵が口を開く。

「あの、お酒でもいいですか？」

「え、お酒？」

「今夜は飲もうと思っていたんです」

意外な台詞に、祐司は一瞬言葉に詰まった。けれど、リクエストを出してもらったほうが、こちらとしても行動しやすい。

「ええ、いいですよ。ええと、お店の希望はありますか？」

「いいえ、どこでも」

「では――」

すぐ近くにあった居酒屋に、ふたりで入る。チェーン店で、酒も肴《さかな》も豊富だったからだ。好みがわからないので、品揃えがいいところを選んだ。

案内されたのは、障子戸《しょうじど》で他のお客から見えなくなる個室だった。恋人同士だと思われたのかもしれない。そういう場所でふたりっきりになるのは気まずかったものの、話がしやすいという点では好都合だ。

「ええと、おれは生ビールにしますけど、岸野さんは？」

飲み物のオーダーを訊ねると、幹恵はメニューの日本酒のページを見て、

「こちらの純米酒を燗《かん》でお願いします」

慣れた口調で店員に告げる。

（え、いきなり日本酒？）

しかも燗酒を頼むとは、かなり呑兵衛《のんべえ》なのか。

「生ビールと純米の燗ですね。かしこまりました」

女性店員が下がると、祐司は前のめり気味に訊ねた。地味なだけの女性だと思っていた幹恵に、俄然興味が湧いたのだ。

「さっき、今夜は飲む予定だったって言ってましたけど、いつも日本酒なんですか？」

「いつもじゃないですけど、今夜はそういう気分だったんです」

「気分……それじゃ、誰かと飲む予定があったんですか？」

「いいえ。外で飲むときは、だいたいひとりです」

昔ながらの飲み屋のカウンターで、徳利《とっくり》を傾ける幹恵の姿が浮かぶ。何だか絵にな

るような気がした。

「友達や彼氏と飲むことはないんですか？」

「女友達はあまり飲めないですし、彼氏はいませんから。家にいるときなら、父の晩酌に付き合いますけど」

さらりと告げた彼女が、料理のメニューに目を落とす。

「好きなものを頼んでいいですか？」

「ええ、もちろん」

そこへ、飲み物とお通しが運ばれてくる。燗酒の甘い香りがふわっと漂った。

幹恵が店員に注文したのは、お造りに酒盗《しゅとう》、炙《あぶ》り物に漬け物など、いかにも日本酒向けの肴であった。かなり通な選択である。

「春木さんは何がお好きですか？」

「え？　ああ、ええと」

問われて、祐司は枝豆と唐揚げを追加したが、何となく子供っぽい気がして恥ずかしくなった。おかげで、お酌をし損ねてしまう。

「あ、ごめん」

自分で徳利を傾けた彼女に謝ると、首が横に振られる。

「気になさらないでください。手酌のほうが、わたしは気が楽なので」

そして、特に乾杯などすることなく、ぐい呑みに口をつける。軽くすすり、満足げに目を細めた。

(やっぱり呑兵衛なんだな)

若い女性がひとりで飲むところなど、そう目にすることがない。しかし、幹恵にはごく当たり前のことのようだ。

祐司もジョッキに口をつけた。三分の一ほど飲んで喉を潤したときには、彼女は一杯目を空けて、次のぶんを注いでいた。早くも目許がほんのり赤らんでいるよう。

(酔ってくれたら話しやすいな)

無理なお願いも、たやすく聞いてくれそうである。

しかしながら、すぐ本題に入るのはためらわれた。とりあえずお互いのことを知るべきだと、身近な話題から始める。

「岸野さんは、実家から通ってるんですよね？」

「はい、そうです」

「ご家族は？」

「両親と妹です」

「妹さんは何をしてるんですか？」

「まだ学生です。年が七つ離れてるんですよ」

さらに祐司も家族のことや、仕事のことを話した。その間に料理が運ばれてきて、酒も進む。ふたりとも最初のぶんを飲み干し、祐司は新たにチューハイを、幹恵は同じ燗酒を頼んだ。

アルコールのおかげもあって、会話がはずんでくる。祐司の話し方は、年下を相手にくだけたものになった。

「あの工場に勤めたのは、誰かの紹介？」

「はい。社長さんがウチの母親の遠縁で、前の事務員の方が辞めることになったとき、わたしのところへ話が来たんです。それまで、都心の会社で経理をしていたんですけど、こっちのほうが通うのも楽ですから、転職したんです」

幹恵は、言葉遣いこそ丁寧なままだったが、口調はかなり柔らかくなっていた。表情も和《なご》んで、女性らしさが増す。

(なるほど……けっこう色っぽいかも)

美奈代がいいカラダをしていると言ったことを思い出し、失礼だとわかりつつも、視線を胸元あたりへ向ける。しかしながら、地味なスーツの上からでは、さっぱりわからない。

「ところで、お祭のお手伝いのことですけど」

三本目の徳利が運ばれてきたところで、幹恵が首をかしげた。火照《ほて》ったふうに赤くなった頬と、眼鏡の奥の潤んだ瞳が色っぽい。

「ああ、そうだったね」

彼女と差し向かいになっている理由を、ようやく思い出す。飲むためだけに、この店に入ったのではないのだ。

「その、今度の桜祭りのことなんだけど、このあいだ町内会の集まりがあって――」

父親の代理で出席した寄合で、祭を盛りあげるためにアイドルはどうかという提案がされたこと、そのプロデュースを自分が任されたことを、祐司は丁寧に説明した。

酔っているようでも、話を理解することはちゃんとできるようだ。幹恵はぐい呑みを口許に運びながらも、何度もうなずいた。

「それで、アイドルのなり手を探してるんだけど、岸野さんにお願いできないかなと思って」

「わたしがアイドルになるんですか？」

驚きを浮かべた幹恵が、続いて訝る眼差しを向けてくる。不信感ありありだ。

「うん。どうかな？」

「どうしてわたしなんですか？」

選ばれた理由がまったくわからないという口振り。アイドルに必要な華がないと、自覚しているのではないか。

「えと、岸野さんだけじゃなくて、何人かに声をかけてメンバーを集める予定なんだけど、テレビに出てるみたいな、正直、似たり寄ったりの女の子ばかりを寄せ集めたようなアイドルにしたくないんだ。町内の誰からも愛されるように、年齢とか個性とかに幅を持たせようって考えてるんだよ。だから、結婚しててもいいし、三十歳を過ぎていても全然ＯＫなんだ。とにかく、色んなキャラクターが必要なんだよ」

「じゃあ、他に誰がいるんですか？」

「今のところ、西岡食堂の涼子ちゃんが決まってるけど」

幹恵がなるほどというふうにうなずく。若くて愛らしい涼子はアイドルに向いていると、すぐに納得できたのだろう。

しかし、自分がどうして選ばれたのかという疑問は、なかなか晴れないようだ。眉間に縦ジワを刻んで見つめてくる。

（ここは先輩の名前を出すしかないな）

同性に推薦されたとわかれば、承諾しやすいに違いない。

「実は、おれも誰に頼めばいいのか全然わからなくて、中学高校のときの先輩に相談したんだよ。寿湯の美奈代さんってわかる？」

「ええ、はい」

「涼子ちゃんにお願いしたのも、美奈代先輩のアドバイスなんだ。それで、まだ秘密にしておいてほしいんだけど、涼子ちゃん、結婚してたんだよ」

「ええっ⁉」

幹恵が目を見開いて驚く。あどけなさの残る看板娘が人妻だなんて、夢にも思わなかったのだろう。

(同性だからわかるってわけでもないんだな)

やはり美奈代は、他よりも観察眼が鋭いようだ。

「先輩は、そのことが最初からわかってたんだ。涼子ちゃん、結婚のことは、アイドルデビューのステージで発表するつもりらしいけどね。それはともかく、岸野さんをアイドルに推薦したのも、美奈代先輩なんだ。アイドルに相応しい魅力があるから、絶対にメンバーに加えるべきだって」

プロポーションのことやセクシー担当の件は、口にしないでおいた。妙な誤解をされないとも限らないからだ。

「わたしに魅力が……？」

「うん。おれも、岸野さんはいいセンいってると思うし、是非やってもらいたいんだ。引き受けてもらえないかな」

両手を合わせてのお願いに、幹恵は押し黙った。何かを考え込むふうに、テーブルの上の一点を見つめる。

受けようかどうしようかと、迷っているふうではない。むしろ、他に気になることがあるように見受けられる。

(どんな魅力なのか、ちゃんと説明しないと納得できないのかも)

だが、彼女が気分を害することのないよう伝えるには、どう話せばいいのだろう。

すると、幹恵が顔をあげる。ぐい呑みに残っていた日本酒を、一気に空けた。

「もう一軒、付き合っていただけますか？」

唐突な申し出に、祐司は戸惑った。

「もう一軒って？」

「アイドルのこと、考えてもいいです」

「え、本当に？」

「ただ、その前に確認したいことがあるんです」

どうやら前向きになっているらしい。どんな活動をするのか、具体的に知りたいのではないか。

「うん、いいよ。あくまでも今段階のことだけど、いくらでも教えるから」

安請け合いすると、彼女が口許をほころばせる。意外と言っては失礼ながら、実にチャーミングな笑顔だ。

(岸野さんには、おれがまだ気づいていない魅力がありそうだぞ)

エロいカラダだからなんて、安っぽい評価をするべきではない。内に秘めたものがある女性なのだと、祐司は確信した。

「それじゃ、どこへ行こうか」

「わたしの知っているところでもいいですか？　ウチのほうなので、電車に乗るんですけど」

自宅近くに、行きつけの飲み屋でもあるのか。

「うん。かまわないよ」

「じゃあ、出ましょう」

幹恵が腰を浮かせる。祐司もいそいそと帰り支度をした。

3

（いい子だよな、岸野さんって）

電車に揺られながら、祐司は隣で吊革に摑まっている幹恵を横目で眺めた。

さっきの居酒屋で会計をするとき、彼女は『わたしのぶんは払います』と、財布をバッグから出したのである。

お願いがあって誘ったのはこっちだし、最初からご馳走するつもりでいた。そう祐司が固辞しても、申し訳なさそうな顔を見せたのだ。

そこで、次のところは割り勘にするからと妥協案を提示し、どうにか引き下がってもらった。店を出たあと、幹恵が『ご馳走様でした』と丁寧に礼を述べたのは、言うまでもない。

彼女は一合徳利を三本空けたのであるが、電車に乗るまでの足取りはしっかりしていた。今も姿勢よく真っ直ぐ立っている。飲むのが好きなばかりでなく、アルコールにも強いようだ。

ただ、ずっと真顔で、車窓の一点をじっと見つめている。何を考えているのか、さっぱりわからない。

（気を悪くしているわけじゃないよな……）

アイドルのことを考えてもいいと言ったのだ。無礼な頼み事だと怒っているわけではあるまい。

おそらく、自分にできるのかとか、どんな活動をするのかとか、不安に感じているところがあるのだろう。ここは丁寧に説明し、また、どういうふうにやりたいのか彼女の意見も聞いて、心配事を解消してあげねばならない。

（ていうか、おれ自身も、どんなことをするのかまともに考えてなかったんだよな）

祭のステージでお披露目となるわけだが、歌はどうするのか、衣装や振り付けは誰にお願いするのかなど、準備しなければならないことは山ほどある。

（やっぱり歌はオリジナルだろうな）

既存のアイドルソングを歌わせては、ただの物真似になってしまう。カラオケ大会と変わらない。

バンドをやっていたときに、祐司は作詞作曲も手がけた。とは言え、下手くそなロックであり、アイドルに歌わせられる代物ではない。

曲さえできれば、あとはアレンジと自動演奏までしてくれるコンピュータソフトがある。とにかく一、二曲、できれば三曲ぐらい仕上げれば、なんとかかたちになるのではないか。

(コードを並べれば、それっぽい曲は作れると思うんだけど、問題は詞だよな)

アイドル向きの歌詞など、自分に書けるとは思えない。誰かに頼むしかないだろう。

(いっそ、メンバーになった子にお願いすればいいのか)

涼子は雰囲気的に、作詞などするようなタイプではなさそうだ。けれど、幹恵は理知的な雰囲気があるし、案外すらすらと書けるのではないか。

(そうだ。美奈代先輩にも頼もう)

鋭いし、アドバイスも的確だ。歌についてもいいアイディアを持っていそうである。

(振り付けと衣装のことも相談すればいいな)

というより、最初に望んだとおり、メンバーに加わってもらえばいいのではないか。

そこまで考えたところで、電車がホームにすべり込む。

「ここです」

促されて、幹恵とホームに出る。隣の区であるが、その駅に降り立つのは初めてであった。

駅前はそこそこ賑やかだった。小さな飲食店が多く、都会の裏町という雰囲気がある。掛上町のような下町とは違っていた。

そのぶん、どことなく余所余所しい印象がある。もっとも、初めて訪れた場所だから、そう感じただけかもしれない。

「岸野さんの家は、この近くなの？」

訊ねると、幹恵はすたすたと歩きながら答えた。

「いいえ。ここからバスで七、八分ぐらいのところです。歩いて帰れない距離でもないですけど」

そうすると、時間が遅くなってバスがなくなったら、徒歩で帰宅するのか。明るい道でないと、若い女性には危ないなと祐司は思った。

ただ、彼女は真面目そうだし、飲んでもバスに間に合うよう切り上げるのではないか。そもそも、いつもひとりで飲んでいるみたいだから、午前様になるまで深酒はしないだろう。

そんなことを考えながら、祐司はふと首をかしげた。幹恵がどこの店にも入らず、通りをどんどん歩いていくからだ。

いつしか飲食店街を抜け、店がぽつぽつとしか見当たらなくなる。こんな通りにある店というと、よっぽどの穴場らしい。それこそ、常連客しか知らないようなところとか。

そこも過ぎると、人家の他は自動販売機ぐらいしか見当たらなくなる。

幹恵が脇道に入る。狭い通りを少し歩いてから、彼女が白壁の塀の内側にすっと入ったものだから、祐司は急いで続いた。

(え?)

ようやく店に着いたのかと思っていたから、目の前の光景に面喰らう。庭木の繁ったあいだを少し進んだ先に自動ドアがあり、入ったところはホテルのフロントらしき場所だった。

それも、かなり場末感のある眺めだ。

ホテルのバーで飲むつもりなのか。しかし、そうでないことは、壁にあるバックライト付きのパネルで、部屋が紹介されているのを見てわかった。

(ここ、ラブホテルじゃないか!)

学生時代に付き合った彼女と、一度だけ入ったことがある。そことまったく同じではないが、基本的なところは似ていた。写真で見る各部屋が、いかにもセックスのための内装であることも含めて。

「あの、岸野さん——」

声をかけようとするより先に、幹恵が空いている部屋を選び、番号のボタンを押す。するとと、脇のエレベータがチーンとベルを鳴らし、扉を開けた。

（え、何だ？）

天井近くにある矢印表示が点滅している。どうやら自動で案内してくれるシステムのようだ。

「行きましょ」

簡潔に告げ、彼女がエレベータに乗り込む。祐司は戸惑いつつもあとを追った。

（こんな場所に入るってことは、やっぱり……）

部屋の冷蔵庫にアルコール類があるかもしれないが、飲むことが目的ではあるまい。そもそも、ここはそういう場所ではない。

だからと言って、ベッドを共にするとも考えづらかった。そういう色めいた伏線が、まったくなかったからである。

もっとも涼子とだって、ほとんど前触れなどなく抱き合ったのだ。ただ、彼女の場合はセックスが好きで、夫とご無沙汰という納得できる理由があった。

しかし、真面目そうな下町の女事務員が、欲望にまみれた行動を取るなんてあり得るのか。

（まさか、酔うと男が欲しくなるってわけじゃないよな）

普段、ひとりで飲んでいるのは、男を漁《あさ》るためだとか。

などと、失礼な想像に及んだとき、ふたりは部屋の前にいた。廊下の点滅する矢印に従って進み、少しも迷うことなく着いたのだ。

重いドアを開けて中に入ると、消臭剤の香りに混じって、ほんのりケモノっぽい匂いがあった。男と女が睦《むつ》み合った名残に、祐司はモヤモヤした。

幹恵は特に惑いも見せず、大きなベッドの上にバッグを置いた。振り返り、年上の男に向き直る。

ところが、すぐに言葉を発しない。こちらを探るように、じっと見つめてくる。

「あの……アイドルのことを訊きたいんじゃないの？」

場所を変えたそもそもの理由を思い出して訊ねると、彼女がコクリとうなずいた。

「だからここへ来たんじゃない」

祐司が困惑したのは、だからの意味がさっぱりわからなかったからだ。おまけに、急に言葉遣いがぞんざいになっている。

（……酔ってるんだよな）

真っ直ぐ歩けていたし、今もよろけることなく立っている。だが、頭の中は正常とは思えない。目もどことなく据わっている。

「美奈代さんが、わたしをアイドルに推薦した理由を教えてもらえる？」

この問いかけに、祐司は狼狽《ろうばい》した。幹恵が何もかもお見通しというふうに、腕組みをして顎をしゃくったのだ。

（岸野さん、先輩が何を言ったのか、わかってるのか？）

鋭い眼光に、祐司は適当に誤魔化《ごまか》すことができなくなった。ほとんど操《あやつ》られるみたいに、正直に打ち明ける。

「あの……アイドルにはセクシーな要素も必要で、それを担当するのに相応しいのは岸野さんだって言われたんだ。とてもいいカラダをしてるからって」

怖ず怖ずと述べれば、幹恵がうなずく。やはりわかっていたらしい。

「なるほどね。銭湯に寄ったとき、番台の美奈代さんが、わたしのカラダをじっくりと見てたもの」

同性の視線にも気がついていたらしい。あるいは、美奈代は興味津々《しんしん》で観察していたのだろうか。

もっとも、年上女性の評価を不快に感じている様子はない。幹恵はむしろ、誇らしげであった。

（ということは、岸野さん自身、プロポーションに自信があるのかな）

ひょっとしたら、寿湯に寄ったのは銭湯が好きだからではなく、自分の裸体を見せびらかしたかったのだとか。

ぼんやり考えていると、彼女が眼鏡をはずす。初めて目にした素顔に、祐司はドキッとした。生真面目な印象が薄れ、女らしい柔和さが強まったのだ。

それだけではない。色気も増している。眼鏡の有る無しでここまで変わるとは、意外であった。

「春木さんも、わたしがいいカラダをしていると思ってるの？」

静かな口調での問いかけに、祐司は思わず背すじを伸ばした。

「ええと、おれは美奈代先輩みたいに、岸野さんの裸を見たわけじゃないから」

「だけどあなたも、アイドルにはセクシーな要素が必要だと思ってるのね」

「うん……」

「そうすると、わたしが本当にセクシーかどうか、確認しなくちゃいけないわね」

質問の意図が摑めぬまま、祐司は気圧《けお》されるようにうなずいた。すると、幹恵が我が意を得たりというふうに、薄い笑みを浮かべる。

「それじゃ、脱いで」

「え？」

「わたしは、自分がセクシーかどうかなんてわからないの。だから、本当に男性を惹きつけることができるのかを確認したいわ。でないと、自信を持ってステージに立つことができないもの」

その意見はもっともながら、それと自分が脱ぐことがどう関係するのか、祐司は理解できなかった。しかし、

「さっさと脱いで！」

強く命令され、「は、はい」と答えてしまう。ほとんど反射的に、ジャケットを肩から外していた。

（……どれだけセクシーなのか確認するのなら、むしろ岸野さんのほうが脱ぐべきなんじゃないのか？）

シャツのボタンをはずしながら、ふと思う。とは言え、彼女に向かって脱げなんて言えるはずがなかった。

「ええと、どこまで脱ぐの？」

ベルトを弛《ゆる》め、ズボンに手をかけたところで、心配になって訊ねる。

「全部よ」

「全部って――」

「でないと確認できないもの」

いったい、何をどう確認するというのか。

「ほら、さっさと脱いで」

もはや遠慮も躊躇《ちゅうちょ》もなく、幹恵が上から目線で命令する。年上も年下も関係ないようだ。

(完全に酔ってるみたいだぞ)

もともとこんなに無礼だとは思えない。アルコールのせいで理性が働かなくなっているのではないか。

とにかく、ここは望むようにするしかあるまい。祐司は恥ずかしいのを我慢して、着ているものを次々と床に落とした。最後にブリーフ一枚になり、《これも?》と目で問いかけると、幹恵が無言でうなずく。

(ええい、どうにでもなれ)

自棄《やけ》気味に、ブリーフを足首に落とす。これですっぽんぽんだ。

ラブホテルの一室にいるのに、ペニスは平常状態だった。少しも昂奮できる状況に置かれてないのだから当然だ。むしろ羞恥に苛《さいな》まれ、縮こまっていたぐらいである。

そのため、亀頭は包皮にほとんど隠れていた。

（うう、みっともない）

しかしながら、女性が見ている前で包皮を剥《む》く勇気はなかった。それとなくしようとしても、幹恵の目が股間に真っ直ぐ注がれていたためできなかったのだ。眼鏡こそはずしているけれど、目を細めているから、ある程度はかたちを捉えられているのではないか。

（そんなに見ないでくれよ……）

射抜くような視線に、分身がますます萎縮する。

「今のが普通の状態のペニスなんですよね？」

確認したところをみると、いちおう見えているようだ。

「う、うん」

反射的にうなずいたものの、彼女が口にしたストレートな単語に驚く。真面目な女性に相応しく、教科書に載っているような名称を使ったのであるが、やけにエロチックに響いたのだ。

（ていうか、これから何をするつもりなんだ？）

思ったところで、ふと気がつく。普通の状態なのを確かめたのは、普通じゃない状態と比較するためではないのかと。

つまり、これから勃起させるつもりなのだ。

その予想は当たっていた。ベッドの脇で、幹恵が服を脱ぎだしたのだ。それも、やけにもったいぶったふうに。

（マジかよ）

祐司は棒立ちで、一対一のストリップを眺めた。

スーツの上下、それからブラウスと、順番に衣類が除かれてゆく。脱いだものをベッドに置き、彼女は淡々と作業を進めた。

若い肌があらわになる。あとは上下の下着と、下半身を包むベージュのパンティストッキングのみだ。

ブラもパンティも白だった。シンプルなデザインも含めて、清楚な印象である。

祐司はいつしか目を見開き、麗《うるわ》しボディに心を奪われていた。

（本当にいいカラダなんだ……）

美奈代の言葉に嘘はなかった。出るところの出た、見事なプロポーションだ。

ブラジャーのカップのあいだに、くっきりと谷間が刻まれている。ウエストもくびれ、飲んで食べたあとにもかかわらず、お腹もすっきりとへこんでいた。

そこからなめらかなカーブを描いて至る腰回りは、女らしい色香を放つ。意外とむっちりしているため、薄いナイロンに透けるパンティがやけに煽情的《せんじょう》だ。

加えて、肌も綺麗である。東北出身の涼子に勝るとも劣らず色白で、一メートル以上離れているのに、肌理《きめ》の細かさがわかった。

さすがに恥ずかしくなったか、幹恵の頬が赤く染まっている。それでも、意を決したように下唇を嚙み、パンストをそろそろとずりおろした。

（ああ、色っぽい）

恥じらいの表情と、薄物を脱ぐしぐさにそそられる。完全に縮こまっていたペニスが次第に重みを増し、容積を増やして上向きに角度を変えた。

そして、まだブラとパンティが残っているのに、今度は股間が棒立ちになったのである。

「あ――」

牡器官が臨戦形態に変化したことに気づき、真面目な女事務員がまた目を細める。よく見ようとしてか身を屈め、コクッとナマ唾《つば》を呑んだ。

「すごい……勃起したのね」

またも露骨な言葉を口にされ、居たたまれなさが募る。そんなにヤリたいのと、嘲《あざけ》られた気がしたからだ。

「岸野さんが、すごく色っぽいからだよ」

エレクトの責任を転嫁すると、彼女が眉をひそめる。だが、どこか得意げで、満更でもなさそうに見えた。

「わたしのカラダって、そんなにセクシー？」

「うん、とても」

「だから勃起したの？」

「うん……」

「つまり、わたしと性交したくなっているのね」

露骨な発言なのにあまりいやらしさを感じなかったのは、生真面目な熟語を用いられたからだ。そのため、単なる事象を述べただけに過ぎず、誘っているのかなどと淫らな解釈はしなかった。

「いや、そこまででは……」

「だけど、勃起したんだから、射精したいんでしょ？」

「ええと、どうしてもってわけじゃ」

幹恵はこちらの発言など、まともに聞いていない様子だった。自分の発言——決めつけにうなずき、ブラジャーをはずす。

たぷん──。

重たげな乳房が、上下にはずんであらわになる。小振りのメロンほどもあるのではないか。淡い乳暈《にゅううん》は大きめながら、中心の突起は陥没気味で小さかった。

（お、おっぱい！）

予想以上の巨乳に圧倒され、祐司は思わずのけ反った。

双房を晒したことで、彼女は開き直ったのではないか。最後の一枚も無造作に艶腰から剝きおろした。

下腹に逆立つ恥叢《ちそう》は、かなり濃い。長いものが散らばったふうに萌《も》えていた。涼子と違って、アンダーヘアの処理などしていないようだ。

そのとき、幹恵がくるりと回れ右をする。茹《ゆ》で卵を縦にふたつ並べたみたいな、こちらもボリュームのある臀部が向けられた。

（ああ、岸野さんのおしり……）

かたちの良い丸みは、外国人モデルのよう。お肉の下側に、綺麗な波形ラインがくっきりと描かれていた。

自慢のヒップをわざわざ見せようとしたのか。思ったものの、そうではなかった。

彼女はベッドの掛け布団を、半分ほどめくったのだ。上にバッグや衣類が載っていたのもかまわず。

そして、シーツの上にころりと寝転がる。

(これって——)

ラブホテルで、ふたりとも素っ裸。しかも、女のほうはベッドに横たわっている。明らかに、性の営みを目前にしたシチュエーションだ。

「き、岸野さん」

震える声で呼びかけると、幹恵が閉じていた瞼を開く。こちらに目を向けたものの、焦点が合っていなさそうなぼんやりした眼差しだった。

「……え、なに？」

「あの、何をするの？」

「何をって、するのは春木さんじゃない」

「え、おれが？」

「わたしと性交したいんでしょ？」

彼女は遠回しや、婉曲な表現ができないのだろうか。またもストレートすぎることを言われ、祐司は頭がクラクラするのを覚えた。

「いや、だけど、岸野さんはいいの？」

安易に据《す》え膳《ぜん》をいただける雰囲気ではなく、いちおう確認する。すると、幹恵が寝転がったまま眉間にシワを寄せた。

「いいも何も、あなたはわたしに欲情したから、ペニスが大きくなったんでしょ？」

「うん……」

「美奈代さんが言ったとおり、わたしのカラダに男のひとをその気にさせる、性的な魅力があることはわかったわ。だけど、それだけじゃ不充分なの。このままだと、アイドルとしてステージに立つ自信が持てないわ」

わかったようなわからないような意見に、祐司は戸惑った。

「えと……自信を持つために、おれとセックスするっていうこと？」

「そうね」

ますます訳がわからなくなる。まさか、アイドルはファンと肉体交渉を持たねばならないと思っているのか。

当惑する祐司に焦《じ》れたのか、幹恵が膝を曲げて脚を開く。黒々とした秘毛に隠れてほとんど見えないものの、女の苑《その》をあからさまにした。

「ほら、挿れて」

ここまでされて、どうして何もせずにいられようか。

「う、うん」

祐司はふらふらとベッドに歩み寄った。ともすれば失いそうになる現実感を、懸命に取り戻しながら。

(おれ、岸野さんとするんだ)

いきり立つ牡根を上下に振り立ててベッドにあがる。女体の甘い香りが強まり、いよいよ発情モードに突入した。

「き、岸野さん」

鼻息も荒く、幹恵に身を重ねる。彼女は少しも抗《あらが》うことなく、むしろ歓迎するように下から抱きついてきた。

(うう、たまらない)

密着した肌の柔らかさと、なめらかさに感動する。胸の下でひしゃげる乳房だけでなく、全身がふわふわでぷにぷになのだ。べつに太っているわけではないのに。

(女性のカラダって、本当に柔らかいんだな)

童貞でもないのに、今さらそんなことを思う。あまりに心地よくて、無性にジタバタしたくなった。

そして、股間を両腿のあいだに割り込ませたことで、屹立の尖端が偶然にも女芯部を捉える。

「あ――――」

幹恵が裸身をビクンと震わせる。亀頭は繁茂する叢《くさむら》の奥の、温かな潤みに浅くめり込んでいた。

(ああ、こんなに……)

ちょっと力を加えるだけで、ヌルッと入ってしまいそうだ。愛撫などしていないのに、秘苑はかなり潤っていた。

男のシンボルがそそり立ったのを目撃して、いやらしい気分になったのか。それとも、ストリップを披露することに昂《たか》ぶり、愛液を滴らしたのだろうか。

いや、もともとアルコールが入ると、したくなる体質なのかもしれない。

理由はどちらでもかまわない。重要なのは、彼女がその気になっているということだ。

「挿れるよ」

上ずった声で告げると、幹恵が「うん」とうなずく。顔を見られるのが恥ずかしいのか、首っ玉に縋りついて頬を密着させた。

（よし、行くぞ）

祐司は腰をゆっくりと沈めた。

蜜汁の潤滑に助けられ、ペニスが肉割れをこじ開ける。頭部が半分ほどもめり込んだところで、関門にぶつかった。

それは膣の入り口であり、圧《お》し広げれば、たやすく結合が果たされるはず。ところが、さらに進もうとするなり、女体が強《こわ》ばった。

「い、痛い」

苦しげな声に、祐司は驚愕した。

（え、どういうこと⁉）

焦って身を剝《は》がし、結ばれるはずだった相手を見つめる。潤んだ目から、今にも涙がこぼれそうだ。

（それじゃ、岸野さんは――）

祐司は不意に悟った。

「初めてなの？」

問いかけに、幹恵がコクリとうなずく。なんと、自ら股を開いた彼女は、バージンだったのだ。

祐司は啞然として、涙ぐむ美貌を見つめた。

4

この場で初体験を遂げようとしたのは、アイドルとしてステージに立つ度胸をつけるためだったと、幹恵は述べた。これまでひと前に出ることなどなかったから、思い切ったことをするためには、自分が変わるしかないのだと。

理由としては、うなずけないわけではない。ただ、無理にこじつけたふうにも感じられた。

「一度も男性と付き合ったことがないの？」

「そういうわけじゃないけど、深い関係になる前に終わったから」

「でも、キスぐらいならしたことはあるんだよね？」

「まあ、そのぐらいなら……」

モゴモゴと口ごもるような答え方だったから、せいぜい頰にされたぐらいで、唇は清らかなままかもしれない。

「じゃあ、男のひとの前で裸になったことは？」

「な、ないわ」

「だったら、どうしてここまで思い切ったことができたの？　ラブホテルにだって、平気で入ったじゃないか。むしろ充分に度胸がある気がするんだけど」

突っ込むと、彼女が観念したふうに打ち明けた。

「そりゃ、わたしも女だから、男を知りたいって気持ちがあったわ。もう二十七だし、いい年をして処女なんてみっともないし」

要は、もともとロストバージンを望んでいたのだ。来たるべきそのときに備えて、ラブホテルのこともあれこれリサーチしていたという。だから、迷いなくこの部屋まで来られたのだ。

「あと、おれのが勃起したのを見ても、うろたえなかったよね？」

「ペニスなんて、今はネットでいくらでも見られるもの」

事前学習が功を奏して、怯えることもなかったわけか。かなりの耳年増、いや「目年増」にもなっていたらしい。

(無修正の動画とかも、見たことがあるのかも)

行為に関しても、どんなふうにするのか調べたのではないか。

とは言え、気持ちとしては女になることを望んでも、肉体がすんなりと男を受け入れるわけではない。秘部こそしとどになっても、処女膜の抵抗まではコントロールできなかったようだ。

「わたしのことなんて、面倒くさい女だと思ってるんでしょ」

ベッドにぺたりと坐った幹恵が、ふて腐れた顔を見せる。処女を卒業できなかったことで、投げやりになっているようだ。

「いや、そうは思わないけど。逆に魅力的な女性だってことが、よくわかったよ」

「そんなの、どうせカラダだけのことでしょ？」

「ううん。岸野さんは、とても素敵な女性だよ。おれは可愛いと思うけど」

決してお世辞ではなかった。夕刻に会ってからの短いあいだに、素直で飾らない彼女に、どんどん心を奪われていたのだ。

見事なプロポーションなのは確かである。けれど、それのみが惹かれた理由ではない。初体験を正当化するためにアイドルのことを持ち出すなど、子供っぽいところも好感が持てた。

それに、こうして本当の理由を白状したのは、正直者の証しである。やはり根は真面目なのだ。

「わ、わたしが可愛い⁉」

幹恵がうろたえ、目を落ち着かなく泳がせる。照れるところもキュートだ。

「うん。だから、岸野さんの願いを叶《かな》えてあげたいんだ」

「……それって、アイドルになってほしいから？」

「もちろんその気持ちはあるけど、べつにご機嫌とりをしたいわけじゃないよ。今はただ、岸野さんが求めることをしてあげたいんだ」

誠意を込めて訴えると、彼女が照れくさそうにはにかむ。やっぱり可愛いなと、祐司は大いにときめいた。

「だったら、わたしを女にして」

「うん」

再び横たわった女体に覆いかぶさる。だが、すぐに交わる体勢にはならない。

（たくさん濡らして、ペニスが入りやすいようにしてあげなくちゃ）

処女を奪うのは初めてながら、丹念に愛撫をして、牡を受け入れやすいようにしなければならないことぐらいわかる。仰向けでもあまりかたちを崩さない美乳に、祐司は顔を埋めた。

チュッ——。

柔肉に埋もれかけた乳頭に口をつけ、優しく吸う。

「あふン」

切なげな声とともに、裸身が細かく波打った。

舌でほじるようにねぶると、ふくらんだ突起が完全に姿を現す。コリコリと硬くなって存在感を増し、より感じやすくなったようだ。

「ああ、あ、いやぁ」

身をよじってよがる姿の、なんといやらしいことか。おかげで祐司も熱くなり、舌づかいがねちっこくなった。

男を知らない乳首は、ほんのり甘かった。母乳など出ているはずがないのに、ミルクっぽい趣《おもむき》もある。もっともそれは、おっぱいにむしゃぶりついていた幼い頃の記憶が蘇ったことによる、錯覚かもしれない。

「あ……くうう、は、あふぅ」

幹恵の喘ぎ声がいっそう艶めく。魅惑のヌードも、少しもじっとすることなくくねり、快感の大きさを如実に示していた。

左右の乳頭がぷっくり勃起したのを見計らい、祐司は口をはずした。

ハァハァと息をはずませる彼女の上で、からだの位置を徐々に下げる。汗で湿った鳩尾《みぞおち》や、上下する腹部の中心の、愛らしいおへそにもキスをして、濃い叢が逆立つデルタゾーンへと至った。

「うう、み、見ないで」

今さらのように恥じらう幹恵の両膝を、大きく離す。脚のあいだに膝をついて身を屈めた。

顔を近づけても、繁茂する縮れ毛に邪魔されて、恥芯の佇まいは確認できなかった。ただ、酸味を含んだ濃厚な女くささが、むわむわとたち昇ってくる。

(これが岸野さんの匂い……)

洗っていないという点では、涼子の秘部もそうだった。ただ、幹恵のほうがチーズっぽい成分が強い。それも、かなり熟成された趣のものだ。

毛が多いため、匂いがこもりやすいのか。それとも、処女だからしっかり洗えていないのか。

どちらにせよ、男心を揺さぶるフレーバーであることに変わりはない。たまらず深々と吸い込んでしまう。

「あ、あの……そこ、くさくないの?」

幹恵が泣きそうな声で訊ねる。平然と陰部を密着させてきた涼子と違って、女性らしいエチケットを心得ているようだ。若妻よりも年上だから、処女ながら気遣いができるのだろう。

「全然くさくないよ。おれ、岸野さんのここの匂い、好きだから」

正直に答えたのに、彼女は「いやぁ」と嘆いた。

「や、やっぱり匂うのね」

ならば悪臭に違いないと、決めてかかっているようだ。

たしかに、一般的にはよい香りだと判定されにくいかもしれない。しかし、これは牡を奮い立たせるフェロモンなのである。そのことに気づかないのは、未だ男を知らないからなのか。

ともあれ、説明しても理解されないだろう。祐司は説明を端っから諦め、人跡未踏の苑に顔を埋めた。

「キャッ、ダメっ！」

幹恵が悲鳴をあげ、身をよじって逃げようとする。もちろん祐司はそれを許さず、両腿をがっちりと抱え込んだ。

湿った肉割れを舌で探る。いっそう濃くなった淫臭を、深々と吸い込みながら。

（うう、すごい）

カマンベールからブルーチーズへと変化したフレグランスは、より煽情的だ。見知っている真面目な事務員スタイルを思い浮かべると、ギャップでますます昂奮する。

「いやぁ、な、舐めないでぇ」

嬌声《きょうせい》に、痛いほど勃起した分身が、いく度も反り返る。下腹を打ち鳴らすのにも煽られて、祐司は舌を深く差し入れてねぶった。

「ああ、あ、ダメ……いやぁ、よ、汚れてるのにぃ」

泣きべそ声の訴えが聞こえる。匂いばかりでなく、分泌物やオシッコの名残など、付着しているものも気になるようだ。

なるほど、味蕾《みらい》にはしょっぱみが感じられる。鼻の穴をくすぐる陰毛にも、ほのかなアンモニア臭があった。それらのことを指摘したら、彼女は羞恥のあまり号泣するのではないか。

けれど、匂い同様に真っ正直な味も、ひたすら好ましいばかりである。とは言え、味わってばかりでは感じさせることができないから、敏感な肉芽が隠れているところを舌先ではじいた。

「あふンッ！」

幹恵が艶腰をガクンとはずませ、息づかいを荒くする。性感ポイントをばっちり捉えたようだ。

（岸野さん、オナニーとかしてるのかな？）

初体験に憧れて、ラブホテルのリサーチまでするぐらいなのである。処女を卒業することばかりでなく、快感に対する興味も尽きないのではないか。

だとすれば、自ら性器をまさぐっても不思議ではない。

「ああ、あ、イヤ、だ、ダメなのぉ」

抗う台詞を発しつつも、肉体は歓喜のわななきを示す。性感が充分に研ぎ澄まされているのは、自らをまさぐることが習慣になっている証しであろう。

女陰臭に唾液の匂いが混じり、ケモノくささが顕著になる。気がつけば、べっとりと濡れた秘叢が皮膚に張りつき、くすんだ色合いの肉唇を覗かせていた。

（これが岸野さんの――）

いびつな花弁がはみ出した形状そのものは、人妻の涼子よりも経験豊富なふうである。だが、幹恵は男を知らないのだ。

（アソコのかたちや色だけじゃ、男性経験がどのぐらいあるのかなんてわからないんだな）

だいたい、東北出身の純朴な娘だと信じていた涼子が、中学生で処女を喪失した早熟の人妻だったのである。人間は見た目で判断できるものではないと、祐司はつくづく思い知った。

ともあれ、今はそんなことを考えている場合ではない。目の前の女の子を感じさせねばならないのだ。

クリトリスをひたすら狙い、舌を律動させる。女芯が熱を帯び、ヒクつくのがわかった。

「くううう、そ、そこぉ」

幹恵が乱れた声を発する。やはり敏感な突起がお気に入りなのだ。しつこくねぶられて、いよいよ高まってきたようである。

秘核を責めながら、恥割れに指も這わせる。いつの間にか粘っこい蜜汁が多量に溢れ、一帯はヌルヌルになっていた。

(ああ、こんなに)

これなら、いくら処女膜がガードしても、ペニスが簡単に入ってしまうのではないか。陰部も柔らかくほぐれているようであり、そっと指を忍ばせると、狭穴に第二関節近くまでがヌルリと侵入した。

「イヤッ!」

鋭い声が聞こえ、入り込んだところがキュッとすぼまる。かなり強い締めつけながら、痛みを感じているふうではなかった。処女でも指ぐらいなら、簡単に受け入れるのかもしれない。

（こっちも感じるのかな？）

温かなところに入った指を、くちくちと小刻みに出し挿れする。

「イヤイヤ、や――はああっ」

喘ぎ声が甲高くなる。かなり悦びが大きいようだ。

（処女でも膣が気持ちいいのか）

もっとも、クリトリスも吸い続けていたから、どちらで感じているのかは定かでない。相乗効果で快感が増したとも考えられる。

「あああ、も、おかしくなっちゃうぅ」

彼女はいよいよ極まってきた様子である。このまま一度頂上へ至らしめるべく、祐司は舌と指の動きを激しくした。

「あふぅうう、だ、ダメぇえええっ！」

たわわなヒップが休みなく跳ねる。目標を逃しそうになりつつも、必死で食らいついていると、

「イクっ――」

短く声を発した幹恵が、全身を強ばらせる。柔肌をヒクヒクと震わせてから、地の底に沈み込むみたいに脱力した。

「くはっ、はぁ、あふ……」

ぐったりして手足をのばし、深い呼吸を繰り返すのみになる。

（イッたんだ）

バージンを絶頂させ、祐司は感動に包まれた。オナニーでイッたことはあるにせよ、男の手で導かれたのは初めてなのだから。

淫らな匂いを放つ陰部から口をはずし、指もそろそろと抜く。身を起こすと、瞼を閉じた彼女が、半開きの唇から息をこぼしていた。

その姿の、なんと色っぽいことか。

（これが本当の岸野さんなんだ）

地味な女性という印象は、綺麗さっぱり消えている。こんなにも素敵なひとだと、どうして今まで気がつかなかったのだろう。

（美奈代先輩は、岸野さんのこういうところも見抜いていたんだな、きっと）

銭湯で裸を見ただけでなく、内面にひそむ魅力も看破していたに違いない。だからこそ、アイドルに相応しいと推薦したのだ。

幹恵が瞼を開く。未だオルガスムスの余韻にひたっているのか、ぼんやりした眼差しで見あげてきた。

「……イッちゃった」

つぶやいて、恥ずかしそうに頬を緩める。祐司はまたときめいた。

「見かけによらずいやらしいのね、春木さんって」

「え？」

「いきなりアソコを舐めたりして。洗ってないから汚れてて、くさかったのに」

恨みがましげに睨まれて、思わず首を縮める。だが、本気で怒ってるわけではないのだ。

「だから、くさくなんかないんだってば」

「うう、それはもういいの」

恥ずかしいことを言わせまいとしてか、幹恵がエヘンと咳払いをする。しどけなく伸ばしていた脚を曲げ、再び膝立ちの開脚ポーズを取った。

「ほら、ペニスを挿れて」

頭をもたげ、牡の股間に目を向ける。下腹にへばりつかんばかりにそそり立った肉根に、情欲の面差しを浮かべた。

（したくなってるんだ、岸野さん）

バージンなんてみっともないと、体面を取り繕いたいだけではない。心から男を求めているとわかった。

なぜなら、彼女もひとりの女なのだ。

そうと理解して、ためらいがすっと消える。是非とも願いを叶えたいのと同時に、欲望もこみ上げた。

「わかった」

イチモツを上下に振り立てながら、幹恵に挑みかかる。身を重ね、肉槍《にくやり》で女芯を探った。

尖端を恥割れにこすりつけると、粘膜にトロミがまつわりつく。愛液は充分で、これなら挿入もスムーズだろう。

「うう、は、早く」

切なげな声で急かされ、祐司はうなずいた。目標を逃さぬよう、分身に手を添えて真っ直ぐに進む。

「ううう……」

狭まりを圧し広げると、美貌の眉間に深いシワができる。それでも逃げることなく、その瞬間を待つ二十七歳の処女。女になる覚悟ができているのだ。

(挿れるよ)

胸の内で告げ、祐司は女体深く押し入った。

「あああっ!」

幹恵が首を反らし、ひときわ大きな声をあげる。そのときには、ペニスは半分近くまで熱い締めつけに埋まっていた。

(うう、入った)

手をはずし、残り部分も挿入する。快さが広がり、腰がブルッと震えた。

「くうう」

キツく瞼を閉じた幹恵が呻く。意識してかしないでか、蜜穴をキュッキュッとすぼめた。

締めつけは、入口部分が著《いちじる》しい。そこからジンジンと熱が伝わってくる感じもある。処女膜が切れて出血しているのだろうか。

それでも、繋がったままじっとしていると、彼女の表情が穏やかになる。緊張が抜け、苦痛が和《やわ》らいだようだ。

「だいじょうぶ?」

訊ねると、小さくうなずく。ふうと息をつき、瞼を開いた。

「わたし、もう処女じゃないのね」

感慨深げな言葉に、祐司の胸も熱くなった。

「うん。ちゃんと入ってるよ」

「……ありがとう」

「え、何が？」

「わたしを女にしてくれて。あの、アイドル活動も頑張るからね」

破瓜《はか》を遂げたばかりなのに、そんな意気込みを述べるとは。本当に真面目なんだなと感心し、愛しさもこみ上げる。

「うん。お願いするよ」

「ね、動いて」

「え？」

「せっかくの初体験なんだもの。精液が出るのを、中で感じたいわ」

射精を望んでいるのだと理解するなり、現金なもので性感が上向きになる。たっぷり注ぎ込みたいという、牡の本能が高まったようだ。

「わかった」

返答し、腰を前後に動かす。乱暴にしないよう、注意深く。

「ん――」

幹恵が顔をしかめる。男の二の腕を摑んだ手に、ギュッと力を込めた。

「痛い？」

「ううん……なんか、いっぱいな感じなの」

無理をしている様子はないから、傷を負わせてはいないらしい。しっかり濡らしたのがよかったようだ。処女膜も、もともと柔軟だったのかもしれない。

だからと言って欲望のままに動いたら、ヤワな入口が切れてしまう。祐司は慎重な出し挿れを心がけた。

「う……ああ」

切なげな喘ぎ声がこぼれる。いくらかの快さを得ているのではないか。

間もなく、内部の熱が高まる。新たな蜜液が湧出されたようで、ペニスの動きがよりスムーズになった。

ぬちゅ……クチャ――。

結合部が卑猥な音を立てる。

「あ、あ――あん、んんぅ」

幹恵が艶めいた声をあげる。感じているというより、悩ましさにまみれているようだ。

「気持ちいいの？」

「わ、わからない」

答えながらも、呼吸がなまめかしくはずんでいる。処女を卒業したばかりの肉体は、早くも目覚めかけているのではないか。

(ああ、気持ちいい)

祐司もうっとりした快感にひたり、ピストン運動が激しくなる。すると、幹恵が両脚を掲げ、牡腰に絡みつけた。

「も、もっとぉ」

乱れた声に、全身が熱くなる。いよいよ女の歓《よろこ》びに目覚めたらしい。

煽られて、鼻息荒く女体を責め苛んだ祐司は、蕩ける快感にひたった。時間をかけることなく、頂上が迫ってくる。

「ああ、あ、出るよ」

「イッて。中にいっぱい出して！」

「ううう、い、いく」

めくるめく愉悦《ゆえつ》にまかれ、祐司はおびただしいザーメンをたっぷりと蜜穴に吐き出した。

第三章　恥ずかしレッスン

1

相談したいことがあると美奈代に電話したところ、銭湯が終わったあとに来てくれと言われた。今日も手伝いをしているらしい。

その晩、寿湯に着くと、終い湯の時刻を十分ほど過ぎていた。すでに暖簾《のれん》がはずされている。

かまわず中に入るよう言われていたので、祐司は男湯の引き戸を開けた。しかし、番台には誰もいない。

「美奈代先輩、春木です」

大きな声で呼びかけると、女湯のほうから返事があった。

「こっちよ。来てちょうだい」

エコーがかかっているから、浴場にいるらしい。

見回せば、番台の前にドアがある。通用口で、そこを抜ければ女湯のほうに行けるようだ。

（いいのかな……）

すでに営業が終わっているし、お客は誰もいないはず。それでもわずかにためらいつつ、祐司は通用口を抜けた。

思ったとおり、脱衣場にひとの姿はない。ほんのりぬるい匂いが漂っているのは、さっきまで裸の女性たちがいた名残なのか。

思わず吸い込もうして、祐司は思いとどまった。男湯がほとんど高齢者ばかりだったように、女湯もその可能性があるからだ。

見ると、浴場の戸が開いている。向こうに美奈代の姿があった。Tシャツにジーンズのミニスカートと、かなりの軽装だ。

昼間こそ陽が射して多少は暖かだったものの、まだ一月の末である。夜ともなればかなり冷え込む。

なのに、彼女が薄着でいられるのは、浴場内にまだ熱気がこもっているからであろう。長い柄のブラシで床を磨いているから、作業がしやすいように着替えたのかもしれない。

「あの、先輩」

戸口から怖ず怖ずと声をかけると、美奈代が振り返る。ニッコリ笑ったものだから、祐司の心臓は高鳴った。

「こっちへ来て」

「あ、はい」

笑顔を見て、気持ちが浮ついていたものだから、いそいそと浴場内に入る。靴下を履きっぱなしだったことも忘れて。

「うわっと」

足の裏がじっとりしたことで、ようやく気がつく。急いで脱衣所に戻り、靴下を脱いで再び浴場へ向かった。

「す、すみません」

「もう、何やってるのよ」

あきれた表情を浮かべた先輩女子が、浴槽のほうに顎をしゃくる。

「そっちをお願い」

「え？」

見ると、ブラシや洗剤などが用意してある。浴槽を洗えということらしい。

（なんだ。風呂掃除をさせるために、ここへ呼んだのかよ……）

少しでも妙な期待をした自分が恥ずかしくなる。だが、お世話になっている手前、手伝うことはやぶさかではなかった。

祐司は上着を脱いで腕まくりをし、ズボンの裾《すそ》もめくった。それから、大きな浴槽内を洗い始める。

ブラシで色褪せたタイルをこすりながら、美奈代のほうをチラ見する。床磨きに精を出しているためか、ただでさえ短いスカートがずり上がり、太腿が付け根近くまであらわになっていた。

むっちりしたお肉は色白で、三十路妻の熟れた色気をぷんぷんと放つ。すべらないように踏ん張っているのか、筋肉が浮いて逞しさも感じられた。

（色っぽいな、美奈代先輩）

次第に手がおろそかになり、同じところばかりをブラシでこすり続ける。

美奈代のほうは床磨きを終え、次の作業に移った。黄色いタライや浴用椅子を、ひとつひとつスポンジで丁寧に洗う。

その作業はしゃがんでするために、太腿のむっちり感がいっそう際立った。おまけに、彼女が無防備にからだの向きを変えるものだから、時おりスカートの奥がばっちり見えたのだ。

股間に喰い込むのは、淡いピンク色のパンティである。光沢があるようだから、綿ではなく化学繊維か、あるいはシルクなのか。

いや、素材はどうでもいい。祐司が思わず目を瞠《みは》ったのは、布が二重になったクロッチの中心に、明らかな濡れジミが認められたからだ。

(え、濡れてる?)

場所からして、汗ではないだろう。明らかに、淫靡《いんび》な蜜がこぼれたように見える。

(いや、だけど、どうして?)

この状況のいったいどこに、昂奮を呼ぶ要素があるというのか。現に今も、彼女はタライ洗いに集中しているようだ。

と、脚が疲れたのか、彼女が片膝を立てるポーズをとる。中心部分がよりあからさまになり、卑猥な縦ジワも刻まれた。

そのため、シミがますますいやらしく映る。煽情的な光景にペニスも膨張し、ズボンの前を窮屈に盛りあげた。

(美奈代先輩、おれが見てるのに、気づいていないみたいだぞ)

　仕事に集中しているとは言え、下着をあらわにしたポーズをずっとしていて、まずいと思わないのだろうか。同じ場所に後輩の男もいるのに。それとも、祐司の存在を忘れているのか。

(あ、ひょっとして——)

　美奈代はわざと見せているのではないか。そして、見られることに昂奮して、秘部を濡らしているのだとか。

　何でも淫らなほうに解釈してしまうのは、町内のアイドルにスカウトしたふたりと肉体関係を持ったからだろうか。しかも、幹恵には処女も捧げられたのである。好事魔多《こうじまおお》しならぬ、色事多し。こうもイイコトが立て続けに起これば、今回ももしかしたらと期待してしまう。

(うん。きっとそうだ。わざと見せてるんだ)

　祐司は思い込み、ならばとセクシーゾーンを凝視した。

　艶腰が揺れ動くのに合わせ、クロッチのシワが淫らな表情を見せる。気のせいか、濡れジミも大きくなってきたようだ。

　おかげで、牡のシンボルが猛々《たけだけ》しく脈打ち、先走り液をこぼす。ブリーフの裏地がじっとりと湿ることで、そうとわかった。

(うう、たまらない)

分身を摑み出し、しごきたい衝動に駆られる。だが、さすがにそこまでしたら引かれるかと躊躇していると、

「——ちょっと、祐司君」

美奈代の声にハッとする。

「え？」

顔をあげると、先輩女子が怪訝な面持ちで眉をひそめていた。

「何をぼんやりしているの？　手が止まっているじゃない」

叱られて、祐司は「は、はい」と肩をすぼめた。そして、自分の考えがただの妄想に過ぎなかったことを悟る。

(なんだ、見せつけてたわけじゃなかったのか……)

それならば、もっと艶っぽい声かけになったはず。こっちは一所懸命やっているのにと、本当に気分を害しているふうだ。

クロッチのシミも、掃除中に水が跳ね返っただけかもしれない。それをいやらしいものだと、勝手に決めつけてしまったのだ。

「すみません……」

祐司は恥じ入り、浴槽洗いに専念した。その後は、美奈代のパンチラや太腿に目を奪われることもなかった。それだけ罪悪感にまみれていたからだ。

汚れた心を洗い流すつもりで、黄ばんだ目地も丁寧に磨く。集中したことで、全身が汗ばんできた。

（終わった……）

浴槽内をすべてピカピカにして、ようやくひと息つく。古い銭湯であり、さすがに新品のようにはならなかったものの、かなり綺麗になったのではないか。

何気に浴場の時計を見あげ、祐司は驚いた。なんと、始めてから一時間以上も経っていたのだ。せいぜい三十分ぐらいかと思っていたのに。それだけ気を入れていた証しである。

そして、美奈代の姿がないことにも気がつく。

（あれ、先輩は？）

彼女が使っていた掃除用具も見当たらない。こちらはとっくに終わって、男湯のほうをしているのではないか。

とりあえず浴槽から出たところで、美奈代が戻ってきた。

「まあ、見違えたわ。すごく綺麗にしてくれたのね。ありがとう」

嬉しそうに白い歯をこぼした彼女に、頬が熱くなる。パンチラを窃視して、いやらしい憶測に耽《ふけ》ったことを思い出したためもあった。

「先輩にはお世話になってますから、せめてものお礼です」

そう言って、胸の内で（さっきはごめんなさい）と詫びる。優しい笑顔も、自己嫌悪のせいでまともに見られなかった。

「義理堅いのね、祐司君って。でも、ここまでしてもらったら、お釣りをあげなきゃいけないぐらいよ」

冗談めかして目を細めた人妻に、祐司は恐縮した。

「そんなことないです。今日だっておれのために、時間を作ってくださったんですから」

「ああ、相談があるんだったわね」

今さら思い出したふうに、美奈代がうなずく。祐司が掃除の手伝いに来たつもりになっていたのか。

「じゃあ、こっちへ来て」

脱衣所に戻ると、彼女は番台のところへ歩み寄り、コーヒー牛乳を二本持ってきた。

昔ながらの瓶のやつだ。

「はい、どうぞ」

「あ、すみません」

長椅子にふたりで並んで坐り、コーヒー牛乳を飲む。頑張って働いたあとだから、甘くて冷たいそれが五臓六腑に染み渡るようだった。

「ところで、相談って何？」

訊ねられ、祐司は「ああ、はい」と坐り直した。

「ええと、涼子ちゃんと岸野さんには、アイドルを引き受けてもらえたんですけど、次は誰にお願いすればいいのかなと思って」

「んー、そうね」

考え込むように首をひねった美奈代が、「あっ」と声を洩らす。

「ねえ、いっそ募集してみたら？」

「え、募集？」

「町内会長にお願いして、回覧板を回してもらうの。あと、ポスターも貼り出すとか。だって、内輪だけでこそこそやってたら、手詰まりになるもの。それに、そういう企画が進んでることを、町内のみんなに知らせるいい機会にもなるわ。祭に向けてみんなで盛りあがれるし、いろいろ協力もしてもらえるんじゃない？」

「なるほど、そうですね」

祐司は納得してうなずいた。そして、どうしてそんな簡単なことを思いつかなかったのかと反省する。プロデュースを任されたことで気負ってしまい、視界が狭くなっていたのかもしれない。

加えて、アイドルのなり手なんか町内にいるのかと、疑ってかかっていたためもあったろう。だが、実際は幹恵のように、思いもよらなかった逸材が眠っていたのだ。募集したら、案外いい人材が見つかるかもしれない。

「桜祭りまでそんなに日がないから、募集期間も二週間ぐらいかしら。だけど、長く時間を取ったらあれこれ迷って、結局やめたってなるかもしれないし、かえって決断しやすいかもしれないわ」

美奈代の言葉に、祐司は確かにそうだと思った。時間がないぶん、その気がある者はすぐに応募してくれるのではないか。

「じゃあ、さっそく回覧用の文書を考えます。あと、ポスターも」

「ポスターは、ウチの銭湯にも貼ってあげるわ。お客はお年寄りが多いけど、孫に勧めてもらえるかもしれないし」

「はい。是非お願いします」

「回覧板とポスターには、涼子ちゃんと幹恵ちゃんの言葉も載せたほうがいいわね。いっしょに頑張ろうみたいなやつ。すでに仲間がいるとわかれば、手を挙げやすいと思うから」

「そうですね。ふたりに頼んでみます」

「あと、応募があるまでは、祐司君のほうの作業を進めておけばいいわ。歌も作らなくちゃいけないんでしょ？」

言われて、祐司は別の課題を思い出した。

「実は、そのことも不安があるんです」

「え、不安って？」

「おれにアイドルソングが作れるのかなって」

実は昨日、まずは一曲作ってみようと、ギターを手にしたのである。ところが、ほんのワンフレーズすら浮かばず、やめてしまった。音楽の才能などないのに、どうして引き受けてしまったのかと、打ちのめされた気分にも陥《おちい》った。

そこまで話さなくても、美奈代は悩みを理解してくれたようだ。

「わたしは音楽のことなんて詳しくないし、曲だって作ったことないけど、祐司君がプレッシャーを感じるのはわかるわ。きっと、簡単なことじゃないのよね」

共感の面持ちを向けられ、祐司は胸が熱くなった。憧れの先輩に気にかけてもらえたことが、単純に嬉しかった。

「いえ……簡単じゃないっていうか、おれにその力がないだけなんですけど」

「あら、そんなことないわ。わたし、祐司君の曲って好きよ」

「え？」

何を言っているのかわからず、祐司はパチパチとまばたきをした。

自作の曲をひと前で演奏したのは、高校三年の文化祭のとき、一度きりである。そのとき、美奈代は卒業していたのだ。

「ひょっとして、おれが三年のときの文化祭、見に来てたんですか？」

「ええ。同じ部活の後輩に呼ばれて行ったんだけど、たまたま体育館のステージ発表を見たら、祐司君たちが出てたの。とてもよかったわ。あれ、祐司君が作った曲だったんでしょ？」

あの下手くそなバンド演奏を見られていたとわかり、顔が熱くなる。褒められても、素直に喜べなかった。

「あのときも、曲作りに苦労したの？」

「いえ、そんなには……たぶん、若気の至りというか、怖いもの知らずだったから、自分の中から出てくるものが最高だって思い込んでいたんです。だからほとんど悩まなかったし」

「それって大事だと思うわ。要は自分を信じる気持ちね。他人の評価を気にするんじゃなくて、これでいいんだって突っ走ればいいの」

要は、考えすぎてはいけないということか。けれど、自分たちが好きなようにやって満足できた、あの頃とは違うのだ。今回は町内のアイドルをプロデュースし、みんなに受け入れてもらわねばならないのだから。

「だけど、そんなことでいいんでしょうか」

迷いをあらわにすると、美奈代が真顔になった。

「いいと思うわ。だって、わたしは祐司君の曲で感動したもの。そりゃ、演奏はお世辞にも上手とは言えなかったけど、歌はすごく伝わってきたわ」

おだてているわけではなく、本当に気に入ってくれたらしい。祐司は感激して、目が潤むのを覚えた。

「……ありがとうございます。自分を信じてやってみます」

俯《うつむ》いて、垂れそうになった鼻水をすする。すると、またも優しい言葉がかけられた。

「祐司君、疲れてるんじゃない？　自分の仕事だってあるのに、アイドルのこともしなくちゃいけないんだから」

「いいえ、だいじょうぶです。先輩に助けていただいているおかげで、今のところ順調ですから」

「だけど、余裕がないみたい。毎日ちゃんと処理してるの？」

「え？」

何のことかと顔をあげると、彼女が困った顔を見せる。その目が気まずげに下へ向けられたものだから、祐司もつられてそっちを見た。

（あ――）

火が点いたように顔が熱くなる。ズボンの股間が雄々しく隆起していたからだ。

人妻のパンチラに欲情し、勃起したのは確かである。そのあとは浴槽洗いに専念したから、とっくに萎えたつもりでいた。

なのに、あのときから勃《た》ちっぱなしだったというのか。

「そこ、ずっと大きなままなのよ。わたし、目のやり場に困ってたの」

美奈代が言ったから、やはりずっとエレクトしていたらしい。

「す、すみません」

「やっぱり忙しくて、その、ちゃんとしてないんじゃない？」

言葉を濁したものの、言わんとしていることはわかった。オナニーをする余裕もなく、溜まっていると思われたのだ。

もちろん、それは考えすぎだ。日課として自慰は欠かさない。

だからと言って、そんなことを先輩である人妻に言えるはずがない。恥ずかしいのはもちろんのこと、だったらどうして勃起したのかと、詮索される恐れがある。そのせいで下着を見ていたことがバレたら、元も子もない。

では、どう弁明すればいいのか。追い詰められた祐司であったが、

「ね、目をつぶって」

美奈代が思いもよらないことを口にした。

「え、目を？」

「いいって言うまで、絶対に開けちゃダメよ」

訳がわからなかったものの、先輩の命令だ。ましてお世話になっているのであり、逆らえるはずがない。祐司は素直に瞼を閉じた。

何が行われるのかと気配を窺っていると、隣に坐っていた美奈代が前に移動したのがわかった。続いて、ズボンに手をかけられる。

（え、そんな——）

うろたえて、反射的に身を強ばらせる。

「おしりを上げてちょうだい」

その言葉で、何をされようとしているのかを悟った。

（美奈代先輩、おれのを……）

昂奮状態の牡をあらわにし、愛撫するつもりなのだ。これまでの頑張りを認めてくれているようであるし、オナニーをする余裕もないのかと気の毒に感じて、自ら奉仕を買って出たのか。

腰を浮かせると、ズボンとブリーフがまとめて脱がされる。ゴムに引っかかった肉根が勢いよく反り返り、下腹をぺちりと叩いた。

（ああ、そんな）

祐司は瞼をキツく閉じたままであった。絶対に開けるなと命じられたためもあるが、それ以上に恥ずかしかったのだ。

だが、確認しなくても、シンボルに熱い視線が注がれているのがわかった。

「すごいわ。こんなに勃ってる」

つぶやくような言葉に、居たたまれなさが募る。それでいて、分身は勢いを誇示するように脈打つのだ。

憧れの先輩に恥ずかしいところを見られているのに、背すじがゾクゾクするのはなぜだろう。露出の趣味などなかったはずなのに。

「いい、絶対に見ないでよ。少しでも目を開けたらやめちゃうからね」

念を押され、祐司はうなずいた。そして、いよいよ確信する。彼女が射精に導いてくれるのだと。

胸が震えるほどの期待にまみれていると、屹立に柔らかなものがまといついた。

「あああ」

たまらず声を上げ、腰をブルッと震わせる。泣きたくなるほどの快《こころよ》さが、ペニスを起点に手足の先まで広がったのだ。

（美奈代先輩がおれのを――）

こんな場面を、何度夢に描いたことか。それがとうとう現実になったのだ。感激で涙がこぼれそうだった。

「すごく硬いわ。やっぱり出してなかったのね」

決めつけられ、ちょっぴり罪悪感を覚える。昨日もオナニーをして、たっぷりとほとばしらせていたからだ。しかも、幹恵の処女を奪ったときのことを思い出しながら、己身をしごいたのである。

「あ、あ、ううう」

悦《よろこ》びが高まり、膝がガクガクと上下する。美奈代の手が上下に動きだしたのだ。

しなやかな指が、敏感なくびれを包皮越しにしごきあげる。ペニスが溶けそうに気持ちがいい。

「ゴツゴツしてる……オチンチン、破裂しちゃいそうよ」

それは先輩の手が気持ちいいからですと、喉まで出かかった言葉を呑み込む。本心を口にするのが、妙に気恥ずかしかった。

そのとき、予想もしなかった言葉が耳に入る。

「思ったとおりだわ」

「え?」

「祐司君のオチンチン、すっごくわたしの好みなの。このあいだ見たときから、ずっと気になっていたのよ」

ここ寿湯で、思いがけず再会したときのことだとすぐにわかった。あのとき彼女が言った、『祐司君のオチンチン、見ちゃった』という台詞《せりふ》は、今でも耳にこびりついている。

そうするとあのときから、後輩の男性器に惹かれていたというのか。そんなことを言われても、祐司は困惑するばかりだった。

（おれのが好みって……）

今はエレクトして、しっかり包皮が剝けている。だが、あのときは皮被りの状態だったはず。なのに、どうしてお気に召したというのか。

（じゃあ、こんなことをしてくれるのも、おれを心配してるわけじゃなくて、単にチンポが気に入ったからなのか？）

落ち込みかけたものの、分身は与えられる快感にうち震え、欲望の先走り汁をこぼす。上下する包皮に巻き込まれたものが、ニチャニチャと泡立つ感覚があった。

（気持ちよすぎる——）

憧れの女性に愛撫されているのに加え、目を閉じているからいっそう感じるところもある。視界が奪われたことで、他の感覚が研ぎ澄まされているようなのだ。

「うん。すっごく手に馴染むわ」

美奈代は本当に、手にした男根を気に入っているらしい。見た目ばかりでなく、握り心地も。上下運動がリズミカルになり、性感曲線が急角度で上昇する。

（うう、たまらない）

目の奥が絞られ、脳幹が甘く痺れる。たちまち頂上が迫ってきた。

「ああ、あ、先輩」

祐司は声を震わせ、爆発が近いことを知らせた。

「いいわよ。いっぱい出しなさい」

休みなく動き続けるしなやかな手指が、桃源郷《とうげんきょう》にさまよわせてくれる。呼吸が荒ぶり、閉じている瞼の裏に火花がいくつも散った。

「ああ、あ、いきます。出る」

呻くように告げ、めくるめく歓喜に身を委《ゆだ》ねる。全身がバラバラになりそうな感覚に続き、分身の中心を熱い滾《たぎ》りが貫いた。

「くはッ」

喘ぎの固まりを吐き出し、総身をわななかせる。牡のエキスがほとばしるたびに、腰がビクッ、ビクンと痙攣《けいれん》した。

(……すごい)

こんなに気持ちのいい射精が、かつてあっただろうか。涼子や幹恵とのセックスももちろんよかったが、やはり好きだった女性の施《ほどこ》しに勝るものはない。

「くううっ」

柔らかな手指が、萎えかけた分身を根元からくびれに向かって強くしごく。尿道に残ったぶんを搾り出してくれたのだ。

やはり人妻だから、ペニスの扱いに長《た》けているのか。潮《しお》が引くように消えてゆくオルガスムスを名残惜しみ、祐司は深く息をついた。

そして、ふと気にかかる。

（精液がかなり飛んだと思うけど、先輩にかからなかったのかな？）

彼女はすぐ前にいるのだ。ティッシュなどで包まれた様子はなかったし、精の噴出をまともに浴びたのではないか。

そのとき、力を失った秘茎から指がはずされる。

「もういいわよ」

言われて、祐司は恐る恐る目を開いた。

目の前に美奈代がいる。床に膝をついた彼女は、慈愛に満ちた微笑を浮かべていた。

幸いなことに、麗しの美貌は白濁液で穢されてはいない。他にも飛び散った痕跡はなかった。

では、ほとばしったものはどこへと思ったとき、目の前に差し出されたものがあった。さっき飲んでいたコーヒー牛乳の瓶だ。

「あっ」

祐司は頬が火照るのを覚えた。瓶の底に、白く濁った液体が溜まっていたからだ。コーヒーが混じってベージュ色になっているが、明らかに精液である。

「溜まってたみたいね。すごくいっぱい出たのよ。ほら、こんなに」

手にしたものを、得意げに掲げる。どうやら牡の体液を、牛乳瓶で受け止めたらしい。かなり勢いよく放たれたのに、なんて器用なのか。

とは言え、感心などできるわけがない。自身の放出物を見せつけられても、バツが悪いだけだ。

(まさか、飲むつもりじゃないよな)

祐司は肩をすぼめ、笑顔の先輩を困惑して見つめた。

2

アイドル募集のことを町内のひとびとに知ってもらえたのは、たしかによかったと言える。

「よぉ、アイドルの応募はあったかい?」

連絡先に祐司の名前が記載されていたため、近所のおじさんにも声をかけられた。かなり広まっているようだし、あちこちで話題にもなっているらしい。

祭の協賛金も例年以上に集まっていると、町内会の長老から聞かされた。これもアイドル企画のおかげとのこと。資金ができれば、それだけバックアップをしてもらえるわけである。

注目を集めているとわかれば、やってみたいと思う女の子も増えよう。これなら自薦他薦を問わず、なり手が現れるに違いない。

そのあいだにと、祐司は曲作りに励んだ。自分の中から出てくるものを大切にし、いたずらに気負うことなく。

さすがに、次々とメロディが浮かぶとはならなかった。それでも、これならと思えるものが二曲できる。コンピュータソフトを駆使して、カラオケも完成した。

（あとは歌詞だな）

そちらも何とかなるかもと、いちおうチャレンジしてみる。だが、自分で歌うのならともかく、アイドルに相応しいものとなると、言葉がまったく出てこなかった。

これはやはり、メンバーになった子に書いてもらうしかないようだ。とりあえず涼子に話を持ちかけてみたところ、

「むむ、無理です、絶対無理」

と、きっぱり断られてしまった。

実は、求められるままセックスをし、たっぷりと感じさせたあとで頼んだのである。

ところが、彼女はそれまでのいい雰囲気が嘘のように顔色を変え、首をぶんぶんと横に振った。それこそ、とりつく島もないというふうに。

遠慮しているわけでも、謙遜《けんそん》でもなさそうだ。本当にできないらしい。もしかしたら国語が苦手で、酷《ひど》い点数を取ったトラウマでもあるのだろうか。

とは言え、涼子に断られたのは想定内だった。けれど、幹恵にも依頼したところ、そっちも顔をしかめられた。

「わたし、作詞なんてしたことないんですよね」

眉をひそめて返され、引き下がらざるを得なくなる。もう頼まないでと、眼鏡の奥の冷たい眼差しが訴えていたのだ。

無理にお願いして、だったらアイドルを辞めると話がこじれても困る。こうなったら、今後加入してくれる子に頼むより他なさそうだ。

美奈代に話を持っていかなかったのは、祐司君ならできるわよと、やんわり断られそうな気がしたからだ。それに、射精に導かれて以来、顔を合わせるのが気まずかっためもある。

いや、電話でなら、何度か話したのである。回覧板にのせる募集の文言や、ポスターの図案に関して相談するために。

けれど、実際に会うことはためらわれた。電話ですら声が上ずったのだ。彼女と向き合ったら、冷静でいられる自信がない。

ポスターを寿湯に持っていったときも、幸いにも美奈代は不在だった。彼女の母親に言《こと》づけたところ、あとで電話がかかってきた。

『いいじゃない。これならけっこう集まるんじゃないかしら。音楽だけじゃなくて、デザインの才能もあるのね』

そこまで言われて、祐司はくすぐったかった。才能なんかないと、誰よりも自分自身がわかっている。褒めすぎだと思った。

(おれのチンポが気に入ったから、持ち主のこともよく見えだしたとか)

と、自虐的なことを考える。あの一件以来、自分のほうがペニスの付属品のように思えていた。少なくとも、美奈代はそう見ている気がする。

ともあれ、作詞は新メンバーにと思っていた。ところが、〆切近くになっても応募がなく、祐司は焦った。志望者は電話かメールで連絡をくれることになっているのだが、一件もない。

（おかしいな……十人とは言わないけど、二、三人は来てもおかしくないのに）

下町の女性たちは奥ゆかしいのか。それとも、もともとアイドルになれるような人材がいないのか。

応募がない場合、すでに決まっているふたりだけでグループ、いや、コンビを結成するしかない。最初に提案した町内会の役員は、ある程度の人数を想定していたようだし、それは祐司も同じだった。物足りなさは否めない。

（また美奈代先輩に相談して、スカウトするしかないのかな）

いや、やはりここは、美奈代にメンバーに加わってもらうべきだ。是非にと頼めば、彼女も承諾してくれるであろう。

そんなふうに最終手段まで検討していた〆切の日、祐司の携帯に着信があった。

『あの……アイドル募集のことで、お電話したんですけど』

若い女性と思《おぼ》しき声に、目の前が明るく開ける。少々沈んだ口調なのが気になったものの、祐司は前のめり気味に「はい、なんでしょう」と答えた。

三日後、駅前のカラオケ店に、ご町内アイドルの三人が集合した。

「こちらは向島《むこうじま》つかささん。二十歳《はたち》で、デザイン系の専門学校に通っているそうです」

涼子と幹恵に、新メンバーを紹介する。最初に決まったふたりは顔見知りであったが、つかさとはどちらも初対面であった。

それでも、同じ目的を持った仲間同士、笑顔で歓迎する。

「わたしは吉田涼子。よろしくね、つかさちゃん」

「岸野幹恵です。いっしょに頑張りましょう」

順番に握手をし、つかさが「よろしくお願いします」と頭を下げる。最初に電話で話したとき以上に、消え入りそうな声であった。

(本当にだいじょうぶなのかな……)

彼女は唯一の応募者であり、貴重なメンバーだ。しかし、ちゃんとやっていけるのだろうか。祐司は不安を拭い去れなかった。

電話をもらった翌日、初めてつかさと会ったのである。表情はちょっと暗いけれど、なかなか可愛いというのが第一印象だった。あまり目を合わせようとしないのは緊張しているからだろうと、好意的に解釈した。

小柄で華奢なところと、黒髪を両側で結んだヘアスタイルも愛らしい。妹っぽいキャラクターとして人気が出るだろう。幅広い層に受けるアイドルというコンセプトにも合っていた。

話を聞くと、小さい頃からアイドルになりたかったそうだ。自分で歌うためにと、歌詞も書きためていたという。

だったら作詞をしてもらえないかと頼むと、彼女は初めて表情を輝かせた。是非やらせてほしいと、意欲すら見せたのだ。

これは希望どおりの子が来てくれたと、祐司は喜んでいたのである。

「電話でも話したけど、今日はみんなの歌を聞かせてもらいたいんだ。声を合わせたらどんな感じになるのか、事前に確認しておきたいし。まあ、だからって緊張しないで、友達とカラオケに来た感じで歌ってくれればいいから」

顔合わせの目的を話すと、三人がうなずく。ただ、つかさの表情がいっそう暗くなったのが気になった。

(歌が得意じゃないのかな?)

いや、歌詞を書きためていたぐらいである。歌に自信がなければ、そんなことはしまい。

まだ緊張しているのかもしれないと、先に飲み物とおつまみを注文することにした。

アルコールが入ればリラックスするであろう。

　呑兵衛の幹恵が生ビールを頼み、あとのふたりはフルーツ系の、甘くて軽いサワーを選ぶ。プロデューサーの立場で酔うわけにはいかないので、祐司はノンアルコールのものにした。

　飲んで食べて語らうことで、打ち解けた雰囲気になる。涼子と幹恵は顔見知りだったとは言え、こんなふうに親しく接したことはなかったという。それが、十年来の友人のように、会話をはずませていた。

　つかさはそこに加わることはなかったものの、だいぶ和んできた。何の勉強をしているのかとか、好きなアイドルのことを訊かれると、きちんと答えた。年上のふたりに、いくらか心を許した様子である。

　そんな三人をほほ笑ましく見守っていた祐司であったが、多少酔ったらしき涼子が、時おり艶っぽい眼差しを向けてきたものだから落ち着かなくなった。

（まさか、したくなってるんじゃないよな）

　涼子とは、数回ベッドを共にした。ちゃんと面倒を見てと言われたためもあるが、祐司自身が誘惑に打ち勝てなかった部分が大きい。チャーミングな若妻に求められたら、股間もたちまち元気一〇〇倍だ。

このままズルズルと関係を続けたらまずいと、もちろんわかっている。アイドルとプロデューサーという立場を抜きにしても、不倫など好ましくない。

ただ、涼子の夫は新年度を前に、三月から本来の企画部勤務になるらしい。そうなれば夫婦の営みが頻繁になり、他に男を求める必要はなくなる。

よって、彼女とのアバンチュールは、あったとしてもあと僅かだ。安堵する反面、寂しさも拭い去れない祐司であった。

もっとも、この場にいる三人の女性のうち、ふたりとセックスしたのである。幹恵とは一度きりとは言え、初めてを捧げられた。

（これって、けっこうすごい状況かも……）

そんな彼女らと、カラオケルームという謂わば密室にいるのだ。しかも関係したふたりは、テーブルを挟んで祐司の向かい側に、並んで坐っている。

もちろん涼子と幹恵は、お互いが同じ男とセックスしたことなど知らないはず。そう考えると、今さらのように緊張感がこみ上げてきた。

「じゃあ、そろそろ歌ってもらおうかな」

さっさと目的を遂げようと、三人に声をかける。いきなりひとりずつ歌うのはハードルが高いかもと、最初はみんな一緒に歌ってもらうことにした。曲は誰でも知っている、定番と言っていいアイドルソングである。

「えーと、マイクが二本しかないから、誰かいっしょでいい？」

「あ、それじゃ、わたしたちがふたりで使います。幹恵さん、それでいい？」

「ええ」

涼子が提案し、幹恵とふたりで一本のマイクを使うことになった。もともと顔見知りであったし、並んで坐っていたから都合がよかったのだ。

そして、祐司の隣にいたつかさが、もう一本を使う。気を遣わずに済むからか、二十歳の娘はホッとした顔を見せた。

イントロがスピーカーから流れる。軽快なリズムに、正面のふたりは坐ったままからだを左右に揺らした。

歌が始まると、涼子と幹恵が一本のマイクに左右から顔を寄せる。その光景に、祐司は胸を高鳴らせた。

(なんか、すごくいやらしいぞ)

なまじ肉体を繋げた女性たちだけに、つい淫らな想像をしてしまう。マイクが勃起したペニスに見え、それをふたりから舐められているような錯覚に陥った。

おかげで、本当に股間が熱を帯び、ムクムクと膨張し始める。

（ま、まずい）

祐司はそれとなく脚を組んだ。あいだにテーブルがあるけれど低いから、容易にズボンのふくらみを見られてしまう。

妙なことは考えるなと、懸命に気を逸らしていたものだから、そのことに気がつくのに時間がかかった。

（あれ？）

ふと、奇妙だと思う。歌声がふたりぶんしか聞こえないのだ。

正面のふたりは、楽しげに声を揃えている。では、つかさはどうかと隣を見れば、いちおう口は動かしていた。

しかし、声が出ていないようなのだ。

ひょっとして、マイクのボリュームが上がっていないのか。機器を確認すれば、マイクは二本とも同じセッティングである。そもそも歌う前に、祐司が音量を確認しているのだ。

まだ緊張していて、声が出せないのか。横目で様子を窺いつつ、胸の中で頑張れと応援しているあいだに、一曲目が終わってしまった。

（年上のひとたちといっしょで、遠慮していただけなのかも）

涼子と幹恵はかなりノリノリだったから、新人メンバーの声が聞こえなかったことに、気がついていないようだ。

「じゃあ、今度はひとりずつ歌ってみようよ。いちばん得意なやつを選んでもらえるかな」

祐司がそう提案したのは、ソロならつかさも気を遣わずに声を出せるのではないかと思ったからだ。

三人が順番に十八番《おはこ》を入力する。最初は涼子で、数年前にヒットした女性シンガーのバラードを歌った。

（へえ、うまいな）

声が綺麗で、しかものびやかだ。音程もしっかりしている。セックスのときのよがり声で、きっと歌もうまいだろうと予想したのは、当たっていたようだ。

一同の拍手に続いて、幹恵の番になる。選んだ曲は、昭和の大ヒット歌謡であった。それも、女の悲しみを歌いあげたもの。彼女はその場に立って歌い出す。

（意外だな……）

選曲もさることながら、感情が込められた歌唱は、オリジナルの歌手を目にしているかのよう。祐司はいつしか聴き惚れていた。

「すごーい、岸野さん」

歌い終わると、涼子が先んじて称賛の拍手をする。祐司とつかさもそれに続いた。

「ありがとうございます」

丁寧なお辞儀と挨拶も、本職の歌手かと思えるほど堂に入っている。幹恵はゆっくりと腰をおろした。

(見た目だけじゃなくて、歌に関してもいいメンバーが集まったんだな)

そして、いよいよつかさである。

チョイスしたのは、かなり新しい曲らしい。タイトルも歌手も、祐司の知らないものであった。

前のふたりは知っているのか、それとも新メンバーを励ますためか、リズムに合わせて手拍子を打つ。

つかさはいささか緊張の面持ちながら、イントロが終わるとマイクを口許に近づけた。その歌声は――。

(うん……あれ?)

出だしこそ、澄んだ声が聞こえたのである。ところが、たちまち演奏にかき消され、聞こえなくなったのだ。

どうしたのかと隣を見れば、二十歳の娘はいちおう歌っているかに見える。けれど、声がほとんど出ていない。

涼子と幹恵が、困惑げに顔を見合わせる。これはまずい。祐司は「しっかり」と励ました。

すると、ハッとしたふうに肩を震わせた彼女が声を張る。多少は聞こえるようになったものの、また演奏にまぎれてしまった。

おまけに、潤んだ目から、涙がポロポロとこぼれだす。

（え、ちょっと——）

祐司は焦った。他のふたりも気がついて、「どうしたの？」「だいじょうぶ？」と心配そうに訊ねる。

しかし、事態は好転しない。スピーカーからは歌声ではなく、すすり泣きが流れた。

思いもよらない展開に混乱しつつも、祐司は胸の鼓動を高鳴らせた。妹キャラの女の子だけに、泣いている姿があまりにいたいけで、抱き締めたい欲求がこみ上げたのである。

それはともかく、つかさは後半まったく歌えなくなり、あとは肩を震わせて泣くばかりであった。

3

涼子と幹恵を先に帰らせて、祐司はカラオケルームにつかさと残った。話を聞きたいからと、ふたりだけにしてもらったのだ。

「だいじょうぶかい？」

泣きやむのを待って声をかけると、彼女はしゃくり上げながらもうなずいた。

「はい……すみません」

涙声で答え、目許を手で拭う。部屋に備えつけのティッシュボックスを差し出すと、何組か抜き取って鼻をかんだ。

「ひょっとして、歌が苦手なの？」

訊ねると、「いいえ」とかぶりを振る。少しだが聞くことのできた歌は、充分にうまかった。自分で下手だと思い込んでいるわけでもないらしい。

「だったら、どうしてさっきは歌えなくなったの？」

これに、つかさは涙で濡れた顔をあげると、考え込むような表情を見せた。いや、話していいものかどうか、迷っているふうでもある。

とりあえず、口を開くのを待っていると、彼女が怖ず怖ずとこちらを向いた。

「あの……怒ってますか？」

せっかくこういう場をこしらえてもらったのに、何もできなかったのである。気分を害したのではないかと恐れているようだ。

「いや、怒ってなんかないよ。どうしたのかなと思って」

安心させるべく、穏やかな口調で伝えると、若い娘がクスンと鼻をすすった。

「……わたし、昔からこうなんです。ひと前が苦手で、仲のいい友達以外の前だと、すごく緊張するんです」

「え、昔から？」

「はい……性格が内向的すぎるから、少しでも積極的になりなさいって、先生からもよく注意されました」

内向的なのにアイドルになりたいとは、かなり変わっているのではないか。

もっとも、人間は自分にないものを求めがちである。ひと前で何かすることが苦手だからこそ、それとは真逆の存在であるアイドルに憧れ、あんなふうになりたいと願うようになったのかもしれない。

「だけど、つかさちゃんはアイドルになりたいんだよね？」

「はい」

「だったら、もう一度歌ってもらえるかな?」

「え?」

「メンバーになったら、ステージに立ってもらわなくちゃいけないし、もちろん歌だって披露するんだもの。その力があるかどうか、見せてもらいたいんだ」

「で、でも……」

躊躇《ちゅうちょ》するつかさに、祐司はきっぱりと告げた。

「今はおれしかいないんだし、きっとできるよ。ちょっとしか聞けなかったけど、つかさちゃんの歌、とてもよかったよ。だから、今度はちゃんとフルコーラスで聞かせてほしいんだ」

励ましを込めて要請すると、彼女は決意を固めたようにうなずいた。

「はい……やってみます」

「うん。頑張って」

さっきの曲が、再びスピーカーから流れる。緊張こそ隠せない様子ながら、つかさはすうと息を吸い込むと、マイクを口許に寄せた。

(――うん。いいじゃないか)

多少震えていたものの、澄んだ歌声が耳に心地よい。しかも調子が出てきたのか、歌いっぷりも次第に堂々としたものになった。観客がひとりだけなので、本来の実力が発揮できたようだ。

「うん、うまいじゃない。とってもよかったよ」

曲が終わって拍手をすると、妹系の娘がはにかんで頬を赤らめる。恥じらいの面立ちに保護欲がそそられ、きっと人気者になることを祐司は確信した。

続いてもう一曲リクエストすると、今度は最初からきちんと歌えた。途中で立ちあがり、アクションを入れるだけの余裕も生まれた。

（なるほど。本当にアイドルになりたかったんだな）

振り付けなど、ひとりで練習していたのではあるまいか。付け焼き刃の感じはない。すっかりノリノリで、笑顔すら見せてくれた。

つかさは祐司の前で、合計で四曲も披露した。しっとりしたバラードも歌いあげ、かなり実力があることがわかった。

「つかさちゃん、すごくいいよ。さすが、アイドルになりたかっただけのことはあるね。是非メンバーとして頑張ってほしいな」

「はいっ」

にこやかに返事をしたものの、彼女は心細げに表情を曇らせた。

「だけど、今は春木さんだけだったのでちゃんと歌えましたけど、他のひとたちの前でここまでできるかどうか、自信がないんです」

そう言って、申し訳なさそうに目を伏せる。応募したことで、かえって迷惑をかけたと思っているのではないか。

応募の電話をかけてきたのも〆切当日だったし、かなり迷ったに違いない。内向的な性格のままで、ステージに立てるはずがないからだ。

なのに、こうして手を挙げたのは、それだけアイドルになりたい気持ちが強い証しである。その気持ちには、是非応えてあげたい。

「ひと前で緊張しちゃうのは、怖いからなのかな？　もしも失敗したらどうしようって考えちゃうとか」

「いいえ。そういうんじゃなくて、単純に恥ずかしいんです。わたしを見ているひとの目を意識するだけで、それこそ裸を見られているみたいな、居たたまれない気持ちになるんです」

「恥ずかしい……か」

「もちろん、友達なら平気なんですけど、知らないひとの前は絶対にダメです。街を歩くときも、すれ違うひとの目が気になって、誰もいないところへ逃げ込むことがあるぐらいなんです」

　他人の目がそこまで気になるとは、少々自意識過剰なところもあるようだ。それはアイドルに必要な資質でもあるが、ひと目を避けるまでになっては元も子もない。アイドルは見られてナンボの商売なのだ。

「そうなると、慣れしかないのかなあ。今だって、おれの前でちゃんと歌えたのは、おれに慣れたからなんだよね？」

「ええ……たぶん」

「だから、ひと前で歌うのだって何回も経験すれば、平気になると思うんだ。今まではそういうことを避けてきたんだろうし、慣れていなけりゃ初対面のひとがいるところで、うまく歌えないのは当然だよ」

「そうですね……」

　つかさは神妙にうなずいたものの、慣れるのはそう簡単なことではあるまい。祐司はもちろん、彼女自身もそれはわかっていたはず。

　だいたい、内向的な女の子がひと前でも平気になるよう、徐々に慣らしていく余裕などないのだ。祭当日まで、あと一ヶ月余りなのである。

（となると、荒療治が必要なのかな）

しかしながら、うまい方法など簡単には思いつかない。

それでも、不幸中の幸いと言えるのは、克服するのが恐怖心ではなく、羞恥心という点である。対人恐怖症となると厄介だが、単純にひと前が恥ずかしいというのであれば、何とかなりそうな気がする。

（だけど、裸を見られているみたいな気持ちになるっていうのは、どういうことなんだろう？）

相手の視線が、衣服をも貫くように感じるということか。だったら、裸を見られても平気になればいいわけである。

とは言え、ひと前で肌をあらわにしろなんて、命じられるわけがない。そもそも、そんなことをすれば通報されてしまう。

ならば、マジックミラーで外からは見えない車に乗って、ひとには見せられない恥ずかしい姿を晒すのはどうだろう。と、どこぞのアダルトビデオみたいなことを考えたところで、

「……あの、どうすればいいんでしょうか？」

つかさが泣きそうな顔で訊ねる。

「ああ、えと」

卑猥な想像をしていたものだから、祐司は返答に詰まった。浮かんでいたものをすぐには追い払えず、

「まあ、ものすごく恥ずかしい特訓でもすれば、ひと前でも平気になるんじゃないのかな」

と、訳のわからないことを言ってしまった。

「……恥ずかしい特訓」

彼女が怪訝そうに首をかしげたのも当然だろう。あるいは、こちらの考えを悟ったのか、眉間に深いシワを刻んだ。

そのため、祐司はますます狼狽した。

「要するに、徹底的に恥ずかしいことを経験すれば、見られるぐらいで恥ずかしく感じることはなくなると思うんだ。激辛カレーを食べ続ければ、普通のカレーが甘く感じるみたいな」

下手くそな喩《たと》えに、つかさがますます眉根を寄せる。無言で見つめられて、祐司はテンパってしまい、とんでもないことを言ってしまう。

「例えば、ノーパンで街を歩くとかどうかな。それこそ見られたらどうしようって、

かなり不安で恥ずかしいはずだよね。それに慣れたら、歌だってステージだって、楽勝でこなせるんじゃないかな」

マジックミラーの車でなどと考えたものだから、その流れでアダルトビデオじみた提案が出たようだ。

「ノーパンって――」

「ああ、いや、あの」

今さら失言に気がついても手遅れだ。愛らしい娘が目を見開く。間違いなくあきれ返っているのだ。いや、いっそ人格を疑われたかもしれない。

ところが、つかさが一理あるというふうにうなずいたものだから、祐司は（え？）となった。

「……たしかに、そのぐらいしないと、ひと前で平気になれないですよね」

つぶやいて、腕組みをする。本気でノーパンを試そうと思っているのか。

（いや、さすがにそれはないか）

ノーパンはさておき、何らかの荒療治が必要だということで納得し、方法を考えているのだろう。

「うん、わかりました」

自らを諭すように言い、二十歳の娘が顔をあげる。キラキラと輝く瞳には、決意が漲《みなぎ》っていた。

「春木さんも協力してくださいね」

「え？　ああ、うん……」

真剣な表情に気圧され、祐司は思わずうなずいてしまった。

4

次の土曜日、祐司は池袋でつかさと待ち合わせた。ひと目が気にならなくなるための、特訓に付き合うということで。

（いったい何をするつもりなんだろう……）

池袋駅構内の東口近く、待ち合わせ場所として利用されるふくろうの石像の横で、祐司は所在なく周囲に視線を走らせた。

土曜日のお昼近くとあって、駅の中はごった返していた。石像の周りにも、同じく待ち合わせであろうひとびとが大勢いる。おそらく外に出れば、歩道にも人波が溢れているであろう。

こんな場所に来るだけでも、他人の視線が気になる娘には、かなりの試練と言える。にもかかわらず、池袋を待ち合わせ場所に選んだのは、他ならぬ彼女自身なのだ。アイドルになりたいがために、覚悟を決めているわけである。

ただ、問題はこの地で、どんな行動をとるのかだ。

(あ――)

視界に見知った人物を捉え、祐司はドキッとした。俯きがちにこちらへ近づいてくる女の子は、紛れもなくつかさである。

両側で結った幼い髪型は、このあいだと変わらない。ちょこんと載ったベレー帽も愛らしい。

「お待たせしました」

小走りでそばまで来た彼女が、ペコリと頭を下げる。わずかに息をはずませているのは、人混みで緊張しているためもあるのではないか。

「ああ、いや、おれも来たばかりだから」

そう告げて、祐司は小柄なボディをまじまじと見つめた。

外は青空が広がっているものの、二月の下旬でまだ気温は低い。そのため、つかさは厚手のショートコートを着ていた。モコモコした感じが着ぐるみみたいで、思わず抱き締めたくなる。

一方、コートの裾からはみ出したスカートは、ヒラヒラしていて頼りない上に、かなり短い。太腿が付け根近くまであらわだ。

膝の上まである黒いソックスを履いているから、それほど寒くないのかもしれない。だが、ちょっとでも風が吹いたら、下着が見えてしまうではないか。

そこまで考えたところで、彼女が口早に告げる。

「わたし、穿いてませんから」

「え？」

「……パンツ」

祐司は愕然となった。

（マジかよ⁉）

つかさは本当に、ノーパンの羞恥プレイを実践するつもりなのか。しかも、こんなに短いスカートを穿いて。

あまりのことに言葉を失った祐司の腕に、彼女が縋《すが》りつく。一刻も早く、この場から離れたいふうに。

（ああ……）

甘ったるい匂いが鼻腔に流れ込む。幼い印象そのままの体臭に、自分がどこにいるのかも忘れてうっとりしてしまう。

「行きましょう」

せがまれるままに、祐司は足を進めた。東口から外へ出るために。

(あ、ここってまずいかも)

池袋駅の通路は地下にあるため、外に出るには階段をのぼらなければならない。それも、けっこう急なものを。

ミニスカートを穿いているつかさは、できれば避けたいはず。下から覗かれ、恥ずかしいところを目撃される恐れがあるからだ。

ところが、ひとの波に流されているため、容易に方向転換ができない。

「このまま行ってだいじょうぶ?」

確認すると、彼女はコクリとうなずいた。唇を引き結び、負けまいと苦難に挑むかのように。

それでも、やはり見られてはまずいとわかっていたのだ。階段を上がるあいだ、祐司に縋りついたほうとは反対の手で、ずっとスカートのおしりを押さえていたようである。

（ここまでするなんて……）

いじらしさに感動すると同時に、モヤモヤしたものもこみ上げる。

（本当に穿いてないんだな、下着）

頼りないミニスカートを少しめくるだけで、若いナマ尻ばかりか、秘められたところを拝めるのだ。ついそちらに手をのばしそうになる。

外に出ると、暖かな日射しが降り注ぐ。気温は低くても、日光のおかげで体感温度はそれ以上であった。

「ふう……」

駅構内の人混みを抜けて、つかさが安堵の吐息をこぼす。だが、試練は始まったばかりなのだ。

「どこに行こうか？」

訊ねると、彼女は「どこでも——」と言いかけたあと、

「あ、えと、少しだけ休みませんか？」

会ったばかりなのに、早くも気怠《けだる》げな面持ちを見せた。

何しろ、つかさはノーパンでここまで来たのである。掛上町から電車で四十分ほどかかるのだ。

その間、ずっと羞恥に耐えていたのだろう。緊張もしていたはず。楽にさせてあげないと、張り詰めた心の糸が切れてしまうかもしれない。

「うん、そうしよう」

周囲を見回し、ふたりで近くのコーヒーショップに入る。

店内はかなり混んでいたものの、隅のほうのテーブルがひとつ空いていた。そこに彼女を残して、祐司はカウンターで飲み物を求めた。

「はい、カフェラテでよかったんだよね」

頼まれたものをテーブルに置くと、つかさが「すみません」と頭を下げる。だいぶ落ち着いた様子だ。

向かいに祐司が腰掛けると、彼女はバッグから二つ折りの紙を取り出した。

「あの、これ……歌詞を書いてみたんですけど」

「え、もう？」

最初に会ったあと、祐司が作った二曲をメールで送ったのである。詞を書いてほしいとお願いして。それがもうできたらしい。

「じゃ、読ませてもらうよ」

「はい、どうぞ」

紙を広げると、手書きの可愛らしい文字が整然と並んでいた。

作ったのはどちらも、アイドルに相応しい明るい曲だった。つかさは曲のイメージに合うよう、恋心や友情をテーマにした女の子らしい詞を書いていた。奇をてらった言葉遣いなどしておらず、広い世代に受け入れてもらえそうである。

「うん。いいじゃない。この詞、曲にすごく合ってる。いい歌になるよ、絶対に」

褒めると、彼女ははにかんで白い歯をこぼした。照れくさそうでありながらも、認められた嬉しさが表情に溢れている。

「あ、あと、これなんですけど」

さらにもう一枚、歌詞の紙が提出される。没になった場合を想定して、別の詞を書いたのかと思えば、そうではなかった。

「他にも作るんでしたら、これに曲をつけていただけないかなと思って。わたしが書きためていたものの中で、一番のお気に入りなんです」

そこには『四月になれば』というタイトルがついていた。卒業の別れと、そのあとの出会いをテーマにしたものだ。

使われている言葉は、実にシンプルである。それでいて、別れの切なさが伝わってきた。つかさは作詞家としての才能があるようだ。

(季節的にもぴったりだな)

それこそ卒業のシーズンにデビューするのだから、ちょうどいい。前の二曲と違って、しっとりした感じのものになるだろう。

「こっちもいいね。ちょっと切ない曲もあったほうが、バラエティに富んでいて飽きないと思うし。よし、頑張っていい曲をつけるよ」

「はい。よろしくお願いします」

つかさが明るく口許をほころばせる。アイドルに相応しい一〇〇点満点の笑顔に、祐司も胸をはずませた。

コーヒーショップを出て、サンシャイン60通りを歩く。飲食店やゲームセンター、映画館などの並んだそこは、歩行者がかなり多い。

つかさはずっと、祐司の腕に縋りついていた。はぐれないようにそうしていたわけではない。ノーパンだから不安なのだ。

幸いなことに、通りには飲食店の店員らしき、コスプレっぽい装いの女の子がけっこういる。つかさのミニスカート姿は、さほど目立たなかった。

それでも、恥ずかしいことに変わりはあるまい。

昼食に、ふたりは脇道へ入ったところにあるラーメン屋を訪れた。辛くて旨《うま》いと評判の店は混んでおり、三十分ほど並ぶことになった。

「けっこう慣れた？」

そっと訊ねると、彼女は少し考えてから、

「そうですね」

と首肯《しゅこう》した。最初はほとんど俯いていたのだが、訓練の成果が出たらしい。顔をあげて、付近を行き交うひとびとを観察するゆとりも生まれているようだ。

「でも――」

何やら言いかけて、つかさが口をつぐむ。「え、どうしたの？」と祐司が訊ねても、首を横に振って答えなかった。

順番が来て、カウンター席に並んで坐る。ふたりとも標準の辛さのものを注文したのだが、舌に痺れが残るぐらいにパンチがあった。

それでも、こってりしたスープは味わい深く、太麺にしっかりと絡む。クセになりそうな旨さだ。

「美味しいね」

「はい」

ふたりは額や鼻の頭に汗を滲ませて、ラーメンを平らげた。

「それじゃ、行こうか」

「あ、すみません。わたし、ちょっとお手洗いに」

「うん、どうぞ」

つかさがトイレに行き、祐司は戻るまで待つことにした。そして、彼女が坐っていた丸椅子を何気なく見て、ギョッとする。

(え、これは——)

座面の中心に、濡れた跡があったのだ。それも、いびつなかたちのものが。

ミニスカートゆえ、椅子には直《じか》に坐っていたはずである。パンティを穿いていないから、股間の汗が椅子に付着したのか。辛いラーメンのせいで、祐司もからだ全体が汗ばんでいた。

恥をかかせてはならないと、濡れジミをそれとなくティッシュで拭う。ところが、ヌルりとすべる感触に、もしやと疑う。

(つかさちゃん、アソコが濡れてたのか?)

さっき言いかけたのは、このことだったのか。

しかし、妙である。コーヒーショップに入ったあとは通りを歩き、ラーメンを食べただけなのだ。昂奮するような要素は、まったくなかった。

そうすると、これは愛液ではなく、生理的な分泌物なのか。女性のアソコは乾燥しないよう、常に湿っていると聞いたことがある。それが椅子についただけなのだ。

きっとそうだなとひとりうなずき、祐司はこの件を胸にしまっておくことにした。

間もなく、つかさがトイレから戻ってくる。ふたりはラーメン屋を出た。

「ゲームセンターでも行ってみる？」

「はい」

サンシャイン60通りへ戻り、近いところにあったゲームセンターへ入る。とりあえずクレーンゲームをやってみることにした。

「こういうやつって小さなものよりも、大きなぬいぐるみが案外狙い目だったりするんだよ。それも、手足のついているようなやつが」

「え、そうなんですか？」

「まあ見てて」

そのゲームセンターで一番大きな熊のぬいぐるみを選び、五〇〇円硬貨を入れてクレーンを操作する。さすがに一回では取れなかったものの、少しずつ落下穴のほうへ近づいた。完全に持ちあげるのではなく、傾けて転がすように移動させたのだ。

そして、二つ目の五〇〇円を投入し、最後は落下穴に半身を乗り出した格好になったものを、見事に落とすことができた。

「わあ、すごい。取れた」

つかさがはずんだ声を上げる。そばを通りかかった店員が、持ち帰り用の大きな袋を用意してくれた。

「はい、あげるよ」

ぬいぐるみの袋を渡すと、彼女が「ありがとうございます」と礼を述べる。

「わたし、こんな大きなぬいぐるみをもらうのって初めてです。大切にしますね」

袋を抱えてニコニコするつかさは、あどけない可愛らしさを振り撒いた。ぬいぐるみでここまで喜ぶとは、二十歳でも気持ちは少女のままなのか。

それが彼女の魅力でもある。

「春木さんって、クレーンゲームが得意なんですね」

「得意っていうか、コツさえ摑めば、誰でもこのぐらいは取れるよ」

そのコツを摑むために、かなりの金額を浪費したことまでは言えない。だいたい、ここまでできるようになったのも、ひとりでゲームセンターに入ったところ、周りがカップルばかりで面白くなく、ヤケ気味に無謀なチャレンジをした結果なのだ。

と、つかさが不意に焦りを浮かべ、腰をモジモジと揺らし出す。トイレかなと思ったものの、さっきのラーメン屋で用を足したばかりである。

「どうかしたの？」

訊ねると、ハッとして顔をあげる。それから、切羽詰まったふうに周囲を見回した。

「あ、あの、あっちへ行ってみませんか？」

彼女の視線が向いたところには、プリントシールの機械があった。

（おれとのツーショット写真を撮りたいのか？）

少々気恥ずかしいものの、いい思い出になるかもしれない。それに、積極的になれたのは、羞恥心をだいぶ克服できた証しでもある。

「いいよ。行こう」

そこはカラフルなボックスがいくつか並んでいる。つかさは隅っこの、比較的地味なものを選んだ。

そして、撮影ブースに入るなり、泣きそうに顔を歪める。

「え、つかさちゃん？」

そこに至って、ようやく写真撮影が目的でないことがわかった。

「春木さん……わたし、どうしよう」

「ど、どうしようって？」

戸惑いをあらわにすると、無言で手首を摑まれる。そのまま彼女の下半身へと導かれた。若い太腿が剝き出しのところへ。

華奢なわりに肉づきのいい内腿に、手をギュッと挟まれる。柔らかさに頭が沸騰するかと思ったものの、

（え、何だ⁉）

別の感触に驚く。なめらかな肌が、じっとりと湿っていたのだ。それも、オモラシでもしたのかと思えるほどに。

その液体が尿でないことは、すぐにわかった。ヌルッとした粘りがあったからだ。ラーメン屋の椅子に付着していたものと同じで、明らかに通常の分泌物ではない。

「どうしたの、これ？」

恐る恐る訊ねると、つかさがクスンと鼻をすする。

「濡れちゃったんです、わたし……」

その言葉で、性的な蜜汁であることが明らかになった。

「ぬ、濡れたって、どうして？」

「わたしにも、よくわからないんです。お家を出て、電車に乗ったあたりから、アソ

コがムズムズする感じはあったんですけど……ノーパンだから落ち着かないのかと思ってたら、コーヒーショップを出て歩き出したあと、どんどんエッチなお汁が溢れてきちゃったんです」

ひと通りの多いところを歩き、欲情したというのか。もっとも、本人も昂《たか》ぶっている自覚はなかったらしい。

（もしかしたら恥ずかしいっていう気持ちが、無意識に昂奮と繋がったのかも）

つまり、羞恥プレイの悦びに目覚めたということか。もともとマゾっぽい素養があったのかもしれない。

（だけど、こんなに濡らしちゃうなんて……）

酸っぱいような甘いような、なまめかしい恥臭がたち昇ってくるよう。女芯は熱く蒸れ、今も愛液をとめどなく溢れさせているのか。

淫靡な状況に、祐司のほうも理性がぐらつく。下半身に血液が集中し、ズボンの前が突っ張った。劣情のままに、手を秘苑めがけて移動させてしまう。

すると、つかさが歓迎するように下肢を割ったのだ。

（え、いいのか？）

手が容易に中心へと到達する。予想どおり熱を帯びたそこは、多量の蜜汁でヌルヌルになっていた。

（うわ、こんなに）

ハチミツでも塗りたくったような有り様はさておき、それ以上に驚かされたことがある。どこに触れてもツルツルで、陰毛の感触がなかったのだ。

「え、生えてないの？」

思わず訊いてしまうと、つかさは息をはずませながら首を横に振った。

「違います……剃ったんです」

「どうして？」

「そのほうが、見られたら大変じゃないですか。あの子はパイパンなのかって」

ノーパンプレイを、より刺激的なものにするための措置だったとは。そこまでするということは、恥ずかしさが昂奮に結びつくことを、意識せずに悟っていたのではあるまいか。

（こんなに可愛いのに、なんていやらしいんだ）

決めつけて、胸を高鳴らせる。愛液で濡れた指を、祐司は恥割れに沿って動かした。

「はううッ」

つかさが艶めいた声を上げ、腰をワナワナと震わせる。かなり感じやすくなっているようだ。

愛らしくも淫らな反応を受け、遠慮なく蜜園を探索する。恥裂の上部、フード状の包皮がはみ出したところをこすると、

「ああ、あ――――」

よがり声が洩れかけたものの、彼女はすぐに歯を喰い縛《しば》った。ここがどこなのか思い出し、誰かに聞かれたらまずいと悟ったようだ。

そのくせ、自身も牡の中心に手をのばし、猛々しく脈打つ隆起を握る。

「くうう」

祐司は呻き、今にも崩れそうに膝をわななかせた。ズボン越しのタッチにもかかわらず、やけに感じてしまったのだ。

「あん、勃ってる」

すすり泣き交じりにつぶやき、つかさが肉棒をゴシゴシと摩擦する。恥ずかしがり屋の娘は、いちおう男を知っているらしい。

「ダメだよ、そんなことしちゃ。つかさちゃんは、アイドルになるんだから」

などとたしなめたところで、祐司も彼女の秘部をまさぐっているのだ。少しも説得力がない。

「だって……ほしい」

「え？」

「オチンチンを、オマンコに挿《い》れてほしいんです」

露骨すぎる台詞に、頭がクラクラする。

「つかさちゃん、彼氏いるの？」

「いえ。前はいましたけど、こんなに濡れたことも、オチンチンを挿れてほしくなったこともありません。ていうか、エッチだってそんなにしてないんです」

濡れた目で見つめられ、現実感を失いそうになる。狭いスペースにこもる、乳くさい体臭もたまらない。この場でミニスカートをめくり上げ、濡れた蜜穴を深々と貫きたかった。

それでも、どうにか理性をフル稼働させ、女芯から指をはずす。

「ああん」

二十歳の娘が、不満げに嘆いた。

「ここだとまずいから、他へ行こう」

祐司はポケットからハンカチを取り出すと、彼女の内腿と性器を清めた。ところが、拭いても拭いても、恥芯は粘っこい汁を滲ませる。

「あん、感じちゃう」

つかさが腰をいやらしくくねらせた。

埒《らち》が明かないと切り上げて、プリントシールのボックスから出る。幸いにも、近くに人影はなかった。

つかさの手を引いてゲームセンターをあとにすると、祐司は西へ足を進めた。彼女は物欲しげに表情を蕩《とろ》かせており、何事かと怪しまれる恐れがある。とにかく人混みから逃れたかったのだ。

首都高と交わる交差点を過ぎると、ひとの流れが途切れる。と、高層のオフィスビルが目に入った。祐司が勤める商工会議所も、似たようなビルに事務所がある。

（待てよ、こういうところなら――）

つかさを連れて、そこへ入る。各フロアの表示を見ると、商社や旅行会社、地方銀行などが並んでいた。土曜日だから、休業のところが多そうだ。

「ここで何をするんですか？」

戸惑いを浮かべたノーパン娘に「いいから」と告げ、エレベータホールへ行く。扉を開けていた箱に乗り込むと、なるべくひとがいなさそうなフロアのボタンを選んで押した。

その階は地方銀行と、もう一社が入っていた。少なくとも銀行は休みだろう。着いてみると案の定、廊下は静かだった。

「さ、こっちだよ」

案内表示を見て、足早に進む。目的の場所はトイレであった。

男性用に入ると、中はそれほど広くない。小用の便器が三つ並び、個室はひとつのみだ。

「え、ここで……」

どうしてこんなところに来たのか、つかさはようやく悟ったらしい。祐司が肩を押し、個室にふたりで入っても、抵抗しなかった。

それどころか、情欲にまみれた目を向けてくる。元があどけない女の子だから、やけにそそられた。

個室は洋式で、わりあいに広い。ふたりでも窮屈ではなかった。

「そっちに手をついて、おしりを突き出すんだよ」

壁を向いたつかさは、素直に言うことを聞いた。ミニスカートに包まれたあどけないヒップを、嬉々として差し出す。同じポーズを外でしようものなら、背後の人間に間違いなくナマ尻を見られたであろう。

祐司は彼女の真後ろにいた。目の位置が高いため、おしりは見えない。

逸《はや》る気持ちを持て余しつつ、スカートを大きくめくり上げる。

「ああん、恥ずかしい」

つかさが羞恥の声を洩らし、腰を左右に揺らす。くりんとしてかたちの良い丸みが、あらわにされたとわかったのだ。

(ああ、つかさちゃんのおしり)

綺麗な肌は艶めいて、輝かんばかりに白い。そのぶん、ぱっくりと割れた谷底に沈着した色素が、やけに卑猥に映る。そして、肉割れからはみ出した菫《すみれ》色の花弁も。

さっき拭いたはずの陰部は、新たに溢れたラブジュースで、広い範囲を濡れ光らせている。そこから酸っぱいような淫臭がたち昇ってきた。

「ねえ、早く」

恥ずかしいところをまる出しにして、妹系の女の子がはしたなくおねだりをする。

祐司はナマ唾を呑み、慌ただしくズボンとブリーフを脱ぎおろした。

むわ……。

外気に触れたペニスが、男くささを湯気のごとく放つ。昂ぶりで汗ばみ、かなり蒸れていたようだ。

ほんのりベタつく分身を握り、祐司は穂先を花弁の狭間《はざま》にあてがった。上下にこすることで、亀頭粘膜に蜜汁がまぶされる。

「はぁん」

膣口をクチュクチュとかき回されただけで、つかさは感じ入ったふうに身をよじった。尻の谷が切なげにすぼまり、臀部に筋肉の浅いへこみをこしらえる。

「じ、焦らさないでください」

涙声で切なさをあらわにした彼女に、祐司は会心の一撃をお見舞いした。

「あふぅうううッ」

二十歳の娘がコートの背中を弓なりにする。冬の装いをまとい、尻のみをまる出しにした格好で、全身をワナワナと震わせた。オールヌード以上に卑猥な眺めである。

(熱い――)

膣内は熱を持ち、濡れた媚肉が秘茎に隙間なくまつわりつく。じっとしていても、うっとりする快さであった。

だが、彼女はそれだけでは我慢できないようであった。

「お願い……突いて、いっぱい」

付き合っていた男とは、それほど交わっていなかったようである。なのに、ここまで求めるようになったのは、ノーパンプレイが功を奏して、女の歓びに目覚めたからではないのか。

そして、快感を心から欲していたのは、祐司も同じであった。

「それじゃ、してあげるよ」

リクエストに応え、腰を後方へそろそろと引く。ヒップの切れ込みに、濡れた肉棒が現れた。早くも白っぽい濁りをまといつけている。

それを再び柔穴に戻すと、

「くぅううーン」

つかさが子犬みたいに啼いた。

腰を前後に振り、狭穴をかき回す。出し挿れの速度が増すにつれ、「あんあん」という嬌声が高らかに響いた。

「あまり大きな声を出さないで。誰か来るかもよ」

注意すると、細い肩がビクッと震える。彼女はコートの袖を嚙み、どうにかよがり声を抑え込んだ。

しかし、完全に消すことは不可能のよう。「うーうー」と悩ましげな呻きがこぼれ続ける。

そのぐらいなら大丈夫だろうと、リズミカルなピストン運動を継続する。下腹が若尻にぶつかり、パンパンと小気味よい音を鳴らした。

「む、ンっ、むうう」

低い呻きに同調して、左右で結んだ髪がぴょんぴょんと躍る。ベレー帽も落っこちそうだ。

(うう、気持ちいい)

得も言われぬ悦びにまみれ、膝がカクカクと笑う。トイレで愛らしい娘を責め苛《さいな》むというシチュエーションにも、祐司は情欲を沸き立たせた。

抽送《ちゆうそう》で蜜窟がグチュグチュと攪拌《かくはん》される。飛沫のたちそうな勢いで、実際、陰嚢《いんのう》が滴る淫汁で濡れていた。

「う……ンうう、あ――い、イッちゃう」

早くも頂上を捉えた娘が、ハッハッと呼吸を荒くする。それを受けて、祐司も急速に上昇した。

「お、おれもいきそうだよ」

「あああ、な、中にください……あったかいの、いっぱい注いでぇ」

乱れた言葉を発し、つかさが「イクイク」と昇りつめる。ひと呼吸遅れて、屹立の根元で煮えたぎっていた溶岩が、尿道を貫いた。

「おおおおお」

目のくらむ愉悦にまみれて、牡のエキスを勢いよく放つ。ペニスの中心を精液が通るたびに、腰が甘美に震えた。

「ああ、あ、すごいの来るぅううっ！」

ほとばしったものが子宮口を打ち、それによって彼女はさらなる高みへと至ったようだ。エンストでもしたみたいに、若いボディをガクンガクンとはずませる。そのせいで、射精途中のペニスが膣からはずれてしまった。

「あ――」

まだ出し切っていなかった分身が、残りのザーメンをピュッと放つ。うち震える若尻に、白濁液が淫らな模様を描いた。

粘っこい精汁が丸みに沿って流れ、谷間に入り込む。女芯からも中出しされたぶんが垂れ、内腿を伝った。

（――おれ、何してるんだろう）

快感の波が引くにつれ、理性的になる。アイドルになるはずの子を、トイレで辱《はずかし》めるなんて。プロデューサーとしては言語道断ではないか。

罪悪感に苛まれる祐司を、つかさがのろのろと振り返った。

「……とっても気持ちよかったです」

トロンとした眼差しで言われ、胸がチクッと痛む。すると、彼女がはにかんだ笑みを浮かべた。

「わたし、何だか自信がついた気がします。こんなことまでできたんですから、もう怖いものなんてないです」

ノーパンに加え、忍び込んだトイレでのセックスも、心を強くしたらしい。

「そ、そう？」

「はい。これからアイドルとして、期待に応えられるよう頑張りますね」

明るい宣言に、結果的によかったのかなと、祐司はひとまず安心した。

第四章　人妻師匠の企み

1

その日、祐司は美奈代と一緒に、四人目のアイドル候補のお宅へ出向いた。

「そんなに緊張しなくていいわよ」

先輩女子がにこやかに言う。祐司は「はあ」とうなずいたものの、そうやすやすと気楽にはなれない。

なぜなら、相手は美奈代よりも年上で、しかも華道の先生なのだから。

涼子に幹恵、つかさがメンバーとして決定したことを電話すると、美奈代はまだ足りないと言った。本来のコンセプトである、あらゆる層に受け入れられる下町のアイドルを実現するためには、まだメンバーが不足していると。

そして、彼女が推薦してくれたのが、掛上町で生け花教室を開いている、土谷百合《つちやゆり》であった。

美奈代も独身の頃に習っていたというお師匠さんは、三十五歳とのこと。既婚者で、夫はサラリーマンだという。子供はいないそうだ。

同じ町内ゆえ、祐司も百合の顔は知っていた。というより、町内で知らぬ者はいないのではないか。

なぜなら、彼女は常に着物姿だから、どこにいても目立つ。淑《しと》やかな装いと振る舞いを、たびたび目にしていた。

加えて、昭和の映画女優のような和風美人。それでいて町内のひとたちとにこやかに挨拶を交わす。社交的なひとであった。

にもかかわらず、祐司が百合に近寄りがたさを覚えるのは、あまりに上品すぎて気後《おく》れするからだ。自分など、彼女の前に立つ資格がないと感じるほどに。

そんな気高い熟女にアイドルグループに入ってほしいとお願いするなんて、あまりに失礼ではないのか。ところが、美奈代はそう思っていないらしい。

「百合さんって、けっこう気さくなひとなの。お花を習っていたときも、絶対に先生って呼ばせなかったのよ。だからずっと、百合さんって呼んでるの」

「へえ……」

「だから、アイドルもきっと引き受けてくれるわ。百合さんが入ったら、まさに最強だと思わない？」

最強になるのか、それとも異質な存在として浮いてしまうのか。今の祐司にはどちらとも判断できなかった。

ともあれ、ここまで来たら、あとは何とか承諾してもらうより他ない。

今は平日の午後。祐司は勤務先から半休をもらい、今回の訪問となった。何らかの成果がないことには、休み損である。

生け花教室も兼ねた土谷家は、格子戸の玄関に風格が感じられるお宅であった。とは言え、お屋敷と呼べるほど立派なわけではない。近場の住宅の中では大きいほうながら、かなり改築もされているようで、近代的な趣がある。

「いらっしゃい、寿さん」

上がり口で迎えてくれたのは、百合本人であった。淡い紫色を基調にした、あでやかな着物姿で。

「こんにちは。あの、わたし、結婚して江西になったんですけど」

「ああ、そうだったわね」

華道のお師匠がうふふと笑う。なるほど、たしかに気さくかもしれない。

「ええと、そちらの方は？」

百合の視線が向けられたものだから、祐司はしゃちほこ張った。

「あ、あの、春木祐司と申します。区の商工会議所に勤めております」

「祐司君は、わたしの後輩なんです。中学高校の」

美奈代が説明を加え、熟女がなるほどというふうにうなずく。

「じゃあ、お上がりになって」

「はい、失礼します」

「……お邪魔いたします」

祐司は未だ気を張ったまま、先輩のあとに続いた。

通されたのは、広い和室であった。十数畳はあるのではないか。床の間には鶴の掛け軸があり、花も生けてある。さすがは華道の先生のお宅だ。

「この部屋でお花を教えているのよ」

百合がいったん下がったあと、美奈代が教えてくれた。

「あの、先輩は、先生の旦那さんにお会いしたことがあるんですか？」

「何度かね。百合さんより三つ上だったかしら。とっても真面目そうな方だったわ」

ああいう上品な奥さんと釣り合うのは、やはり真面目な男なのだな。と、祐司はさしたる根拠もなく納得した。

ふたりは出された座布団に、並んで坐っていた。

正座はあまり得意ではない。けれど、祐司は百合がいない場でも、脚を崩すことができなかった。少しでも品のないところを見られたら、出て行けと叱られる気がしたのだ。

気さくな女性だと聞かされたあとでも、彼女に対する構えた姿勢は直らない。どうも上品なひとに弱いようだ。

（それだけおれが下品ってことなのかも）

忍び込んだオフィスビルのトイレで、二十歳の女の子とバックスタイルで交わるような人間なのだ。少なくとも品があるとは言えない。

つかさとの淫らな交流を思い返し、場所もわきまえずモヤモヤしてくる。隣には美奈代が坐っているというのに。

（こら、しっかりしろ）

自らを叱ったところで、着物姿の奥様が、お茶をお盆に載せて戻ってくる。

「さ、どうぞ」

「どうもすみません」

来客の前にお茶を出してから、百合は床の間を背にして坐った。

すっと背すじを伸ばした、お手本にしたいような正座。背景も含めて、和の装いが実に絵になる。きちんとまとめられた髪も厳かな印象を強め、格の違いを見せつけられている気がした。

そのため、客である自分たちが下座でも、至極当然だと思える。まあ、こちらはお願いに伺ったのだから、位置関係としては正しいのか。

百合の左手の薬指には、銀のリングが嵌《は》められている。落ち着いた物腰は職業柄ばかりでなく、人妻ゆえのものではないのか。隙のない和装にもかかわらず、ほのかな色気が感じられた。

「ところで、お話っていうのは？」

問いかけに、美奈代が脇腹を突いてくる。祐司はハッとして居住まいを正した。

「あ、あの、実は、今度の桜祭りで――」

町内会の会合でアイドルグループの結成が決まったこと、三名が決定したものの、幅広い層にアピールするため、メンバーに加わってほしいことを手短に説明する。緊張していたため、たびたび言葉に詰まったものの、美奈代がうまくフォローしてくれた。

「つまり、わたしにアイドルグループの一員になってほしいということなのですね」

落ち着いた口調で確認され、祐司は「は、はい」と上ずった返事をした。

「わたしのような者がアイドルなんて、いいのかしら?」

「いいも何も、是非とも百合さんにお願いしたいんです。百合さんが加わっていただけたら、鬼に金棒です」

「まあ、大袈裟ね」

百合が名前そのままに、花のように笑う。すぐにでも引き受けてくれそうな雰囲気に、祐司の胸ははずんだ。

(いい感触だぞ)

ホッとして、ようやく気持ちが楽になる。すると、お花の先生が、かつての教え子に顔を向けた。

「ところで、寿——江西さんは、どうしてこの方に付き添っているの? 後輩というお話でしたけど」

「実は、アイドルのことで祐司君に相談されて、いろいろとアドバイスをしているんです」

「じゃあ、わたしを推薦したのも江西さん？」

「そういうことになりますね。ただ、祐司君も百合さんなら適任だと賛成してくれて、こうしてお願いに伺ったんです」

「なるほどね」

うなずいた百合がニッコリと笑う。これはＯＫなのだと、前のめりになりかけた祐司であったが、

「せっかくですけど、お断りいたします」

にこやかに拒まれて、啞然となる。

「え、断るんですか？」

美奈代も驚きを浮かべた。彼女にとっても予想外の返答だったのだ。

「あ、あの、理由を教えていただけますでしょうか？」

怖ず怖ずと訊ねれば、熟女は麗《うるわ》しの笑みをそのままに答えた。

「ひとつ目の理由は、わたしがアイドルに向いているとは思えないからですね。年齢もそうですし、夫もいますから。また、それらを抜きにしても、ひと前で歌など披露するのに似つかわしい人間ではありません」

落ち着いた口調ながら、やけに力強い。割って入る隙もない。

「ふたつ目の理由は、わたしに利点がないからです。べつに、報酬など求めるつもりはありませんけど、アイドルになることでわたしにどんな得があるのでしょう。むしろ、華道の師範として相応しくないと、批判を受ける恐れがあります。他にも思うところはありますけど、以上の二点がお断りをする主な理由です」

理路整然と述べられて、祐司は反論に窮した。どうにか対抗しなければと思うものの、なかなか言葉が出てこない。

すると、美奈代が代わりに説得してくれる。

「百合さんがアイドルに向いていないとは思えません。いえ、むしろ、既存のアイドルにないものがあるからこそ、百合さんにお願いしているんです。さっきも祐司君が説明したように、若くて可愛い女の子が愛想を振りまくだけがアイドルじゃないんです。百合さんのように、大人の落ち着きや気品を持ったメンバーがいれば、アイドルに見向きもしないようなひともファンになってくれると思うんです。実際、西岡食堂の涼子ちゃんだって結婚していますし、浜田《はまだ》工業の幹恵ちゃんも理知的な印象で、テレビに出るようなアイドルとは違った魅力の持ち主です。そういう子たちを、わたしたちは選んできたんです」

教え子の訴えに、百合が静かにうなずく。

「なるほど。そういうことでしたら、一番目の理由は成り立ちませんね」

素直に納得してくれたものだから、祐司は拍子抜けした。丁寧に説明すれば、ちゃんとわかってくれるようだ。

ただ、もうひとつの理由については、どんな妥協案を提示すればいいのかわからなかった。美奈代も同じらしく、迷いを表情に浮かべている。

「……それから、アイドルをすることに利点がないということについては、わたしたちがそれに見合うご奉仕をしますとしか申し上げられないんですけど」

それはたぶん、苦し紛れに告げた言葉ではなかったか。アイドルに決まった他の三人も、とりあえずは無報酬なのである。年長者だからといって、百合だけを特別扱いするわけにはいかない。

まあ、掛上町のアイドルが有名になり、あちこちから引っ張りだこになれば、収入が見込めるかもしれないが。

ともあれ、ご奉仕など何ができるのかと、祐司はぼんやりと考えた。せいぜい掃除ぐらいだろうが、こちらのお宅はどこもピカピカだ。

「ご奉仕ということは、わたしが望むことを何でもしてくれるということですか？」

百合の問いかけに、ちょっと驚く。急に乗り気になったふうに、目が輝いたからだ。

「何でもっていうか……まあ、そうですね」

美奈代が戸惑い気味に返す。すると、お花の師匠である人妻が、「わかりました」とうなずいた。

「そういうことでしたら、お受けしますわ」

急転直下と言っていい展開に、むしろお願いに来た側が、これでいいのかという気にさせられた。

（いや、だったら、最初から素直に受けてくれればいいのに）

あっさり承諾されたものだから、そんなふうに感じる。その一方で、危ぶむ気持ちもあった。

（ひょっとして、とんでもないことを要求されるんじゃないのか？）

もっとも、相手は町内でも名の知られた、淑やかな熟女なのである。そうそう無茶なことをさせるとは思えない。

「では、ここで待っていてくださいね」

百合がすっと立ちあがる。ふたりを残して、部屋から出て行った。

「……ちょっとびっくりだわ」

美奈代がつぶやくように言う。祐司も共感してうなずいた。

もっとも、彼女が驚いたのは、お師匠さんがアイドルを引き受けてくれたことに関してではなかったらしい。

「百合さん、あんなふうに交換条件を持ち出すようなひとじゃないの。いつもは受けるなら受ける、断るなら断るで、はっきりしているのに。まるで、最初からわたしたちに何かさせるつもりで、ゴネたみたいな感じだわ」

つまり、人妻の計略に嵌まったということなのか。

(いや、百合さんに限ってそんな――)

ああいう上品な女性が、はかりごとをするとは思えない。いい年をしてアイドルなんてという羞恥心があるため、条件付きで仕方なく受けたというポーズを保ちたいだけではないだろうか。

あとは言葉を交わすことなく、ふたりで所在なく待っていると、百合が戻ってきた。新聞紙に包まれた、たくさんの花を手にして。

(百合さん、花を生けるのかな?)

いや、彼女はこちらに何かをしてもらうと言ったのだ。

そうすると、花を生けさせるつもりなのか。美奈代は経験者だから難なくできるだろうが、自分には到底無理だ。

そこまで考えて、祐司はもしやと思った。

（おれに生け花教室の生徒になれっていうのかも）

要は教え子を確保したいのか。華道に興味はないけれど、アイドル結成のためなら仕方あるまいという気になる。

しかし、その予想ははずれていた。

「わたし、七歳からお花を始めて、もう三十年近くになります。だけど、ずっと同じことを続けるんじゃなくて、新しいことにも挑戦したいんです。おふたりには、そのお手伝いをしていただきたいと思って」

どうやら生け花をするのは、百合自身のようだ。花の数が多いから、何か大がかりな作品をこしらえるための、助手になってほしいのではないか。

実際、彼女は押し入れを開けると、中から赤い敷物——緋毛氈《ひもうせん》を取りだした。二畳分はあるそれを、部屋の中央に敷く。どうやらそこで生けるつもりらしい。

そうすると、花器もかなり大きいのかと思えば、何かを運んでくる様子はない。百合は緋毛氈の脇に花と座布団を置くと、再び正座した。

「では、どちらがしてくださるのかしら？」

この問いかけに、祐司は美奈代と顔を見合わせた。

「あ、えと、何をすればいいんですか？」

祐司が質問すると、お花の師匠がニッコリと笑う。

「服を脱いで、ここに寝てください」

「え、ど、どうして？」

「人間のからだに花を生けるんです」

予想もしなかった要請に絶句する。まさかそんな猥雑なことを、この淑やかな人妻が求めるなんて。

もっとも百合にとっては、これも華道の探求であったようだ。

「女体盛りというものがあるじゃないですか。女性のからだを器に見立てて、お造りを並べるんですよね。あれは女体美と食の融合であり、まさに美食と呼ぶに相応しいものだと思うのです」

世俗に穢されていない彼女が、女体盛りなんて猥雑な風俗を知っていたとは意外であった。それはともかく、あれは食欲よりは性欲を優先したものであり、まかり間違っても美食なんて呼べないと思うのだが。

（百合さんって、けっこう天然なのかもしれないぞ）

少なくとも、彼女は大真面目で言っているのだとわかる。目が真剣だ。

「ですから、わたしも人間のからだを花器に見立て、花を生けてはどうかと考えたのです。作品として披露できるものになるかどうかわかりませんが、とにかくやってみないことには始まりませんから」

どうやら以前から構想していたようだ。そんなときに、美奈代がご奉仕をするなんて言ったものだから、これ幸いと食いついたのではないか。

いや、この場合は獲物を釣り上げたと言うべきか。

「じゃあ、わたしが脱がなくちゃいけないんですか？」

美奈代が顔を情けなく歪める。女体盛りを例に出されたから、自分が脱ぐことを求められたと思ったのだろう。

「いいえ。わたしはどちらでもかまわないんです。女体盛りは男性向けに行われる催しのようですけど、そういうものとは違いますので」

女体盛りの意図を、いちおう理解しているらしい。だが、百合が追求したいのは、あくまでも華道の美なのだ。

だからと言って、そう簡単に脱げるものではない。

（でも、おれが脱がないと、美奈代先輩が脱ぐことになるわけで……）

そうなったら、自分はお役御免となり、彼女だけがこの部屋に残るのだろう。いくら女同士で師弟関係とはいえ、ヌードに花を飾られるのは、辱めを受けるに等しい。

美奈代が泣きそうな目でこちらを見つめてくる。本心では脱ぎたくないに違いない。

けれど、自分が百合を紹介した手前、責任も感じているのではないか。

(先輩は、おれのためにあれこれしてくれたんだ。これ以上、負担をかけるわけにはいかない――)

そう考えるなり、祐司は即座に立候補した。

「おれが脱ぎます!」

きっぱり告げるなり、百合の目がきらめいた気がした。

2

「あの、全部ですか?」

いちおう確認すると、百合が「もちろんです」と答える。

(ま、そうだろうな……)

肉体を花器に見立てるとなれば、衣類など邪魔なだけだ。祐司は覚悟を決め、服を脱いでいった。

（裸に花を生けるって、まさか尻の穴に菊を突っ込むわけじゃないよな）

文字通り菊座だからと。しかし、真面目に華道を極めようとしている熟女が、そんな品のない冗談で面白がるとは思えない。

最後の一枚を脱ぎ、祐司は素っ裸になった。それまで茫然と成り行きを見守っていた美奈代が、ハッとして身じろぎをする。

「あ、あの、それじゃ、わたしは外に出ていますから」

中座しようとしたかつての教え子を、百合は引き止めた。

「それは許しません。おふたりで来たんですから、ちゃんとおふたりで奉仕していただかないと」

「奉仕って……」

「江西さんは、わたしの助手をしてください」

その言葉に、祐司は今さら胸の高鳴りを覚えた。

（ということは、もしも美奈代先輩が脱いだら、おれが助手を務めることになったのか）

だったらそのほうがよかったかもと、助平《すけべえ》根性が頭をもたげる。けれど、すぐに思い直し、自らを叱った。

（つたく、何を考えているんだよ）

恩人である先輩を、つらい目に遭わせてどうするのだ。アイドル企画の相談にのってくれたばかりか、祐司の勃起を気の毒がり、射精に導いてくれた優しいひとなのに。反省しつつも、銭湯での甘美なひとときを思い出し、腰の裏がムズムズしてくる。あれ以来、恥ずかしくて顔を合わせられず、今日は久しぶりに会ったのだ。

そうしたらまた、こんなことになるなんて。

美奈代にはエレクトした肉棒ばかりか、絶頂するところも見られている。だからと言って、すべてをさらけ出すことには抵抗がある。この場にはもうひとり、淑やかな美熟女がいるのだから。

「あの、寝るのは仰向けですか？　それとも俯せ」

股間を両手で隠して訊ねると、百合が「仰向けです」と答える。肛門に菊を刺される心配はなさそうだ。

（てことは、百合さんにチンポを見られるのか……）

かなりの辱めを受けることは、想像に難くない。実際、祐司が股間を隠したまま緋毛氈に寝転がると、

「手をはずしなさい」

冷淡な口調で命じられる。見あげると、和服の美女は生真面目な面持ちを見せていた。全裸の男を前にして、狼狽する様子はない。

彼女は人妻であり、牡の性器など見慣れているのだ。ただ、百合が恥ずかしがらないぶん、祐司のほうは居たたまれなかった。背中に当たる緋毛氈がチクチクするのも、妙に居心地が悪い。

（これは百合さんが、華道を極めるために必要なことなんだ。そのために協力するだけなんだからな）

自らに言い聞かせ、ペニスをあらわにする。そこにチラッと熟女の視線が向けられたが、さすがに凝視することはなかった。

（うう、みっともない……）

秘茎は平常状態で、ちゃんと確認していないが、おそらく包皮をかぶっているはず。恥ずかしくてたまらない。

「江西さん、こちらへ来てください」

「あ、はい」

美奈代がためらいがちに膝を進める。彼女も剝き身の牡器官をチラ見したが、焦ったように視線をはずした。

かつて、そこが勃起したところを目にし、愛撫までしたのである。やはり他にひとがいるところでは、大胆になれないのか。

だが、これまで見せたことのない恥じらいが、妙に新鮮だ。

(美奈代先輩、可愛いところもあるんだな)

祐司はときめいた。おかげで、海綿体に血液が集りかける。

(あ、まずい)

こみ上げた劣情を、懸命に抑え込む。こんな状況でエレクトしたら、露出狂の変態だと誤解されてしまう。

「では、始めます。そうね、百合を取っていただけるかしら」

「あ、はい」

百合が最初に選んだのは、自分と同じ名前の花だった。新聞紙に山と積まれた花々の中から、美奈代が白い大輪のそれを手に取る。

(ていうか、どうやって生けるんだ?)

普通は剣山に刺すはずだが、用意されていない。まさか、茎を肌に突き刺したりしないよなと危ぶんだとき、

「春木さん、気をつけの姿勢をしてください。手足を伸ばして、しっかり閉じて動か

ないように」

「は、はい」

祐司は仰向けのまま、両腕を脇につけ、脚もぴったり閉じた。

「はい。いい姿勢ですね」

取って付けたように褒め、百合が鋏《はさみ》で花の茎をパチンと切る。生け花にするには、かなり短めだ。

「冷たいかもしれないけれど、動かないでくださいね」

あらかじめ忠告してから、脚のあいだに茎を差し込む。どうやら挟ませて固定するつもりらしい。おそらく、腕と脇腹のあいだにも。

(適当なやり方だな。まあ、他にやりようがないだろうけど)

ただ、最初の花が陰嚢の間近だったから、恥ずかしくてたまらない。全裸で股間に花を差した姿など滑稽だし、どう贔屓目《ひいきめ》に見ても芸術的とは思えなかった。

「次はかすみ草ね」

「はい」

百合は男の裸体に、次々と花を飾り立ててゆく。脚や腕に挟み込ませるだけでなく、胸や腹にそのまま置くこともした。さらには、祐司の周りにも並べる。

花がからだを隠してゆくことで、少しずつ羞恥が薄らぐ。股間が完全に見えなくなったわけではないが、肌が覆われたぶん、いくらかマシであった。

(だけど、これって遺体に花を飾るのといっしょじゃないのか?)

棺桶に入れられていたら、まんまお葬式である。花が色とりどりだから、厳かな雰囲気こそないけれど。

花の香りに包まれて、祐司はむせ返りそうであった。しかし、動いたら、せっかく飾ったものがはずれてしまう。懸命に耐えるしかない。

そうして、三十分も経っただろうか。

「こんなものかしら」

百合が鋏を置き、満足げにうなずく。それから、美奈代に「どう?」と訊ねた。

「なんだかお葬式みたいですね」

率直な感想に、自分と同じことを考えていたのかと嬉しくなる。

(うん、そうだよな)

祐司は思わずうなずきそうになった。

「なるほど、そうも見えるわね。だけど、お葬式は死のイメージだけど、こっちは生命の息吹《いぶき》を感じない?」

「んー、言われてみれば、そうかもしれないです」

美奈代はあきれている様子だ。アイドルを引き受けてもらうためとは言え、こんな妙なことに付き合わされて、嫌気がさしているのかもしれない。

「でも、生のイメージは、まだ不足していますね」

百合が考え込み、まだ生けていない花のほうに目を向ける。もっと飾り立てようとしたのか。

しかし、それよりも手っ取り早い方法を見つけたようだ。

「だったら、こうしたらどうかしら」

美熟女の手が、いきなり陽根を握ったものだから、祐司は狼狽した。

「え——あ、ううう」

それまで鋏を握っていた手は、かなり冷たい。背すじがゾクッとした。にもかかわらず、快さがふくれあがる。

(あ、まずい)

揉むように動く柔らかな手指が、次第に熱を持つ。それはペニスも同じであり、たちまち膨張を開始した。

「ゆ、百合さん、何をしてるんですか⁉」

美奈代の焦った呼びかけなど無視して、人妻師匠が男根をしごく。それは彼女の手筒からにょっきりとはみ出し、猛々しい様相を見せつけた。

「さすがに若いのね。もう大きくなったわ」

三十路前であり、若いなんて言われる年ではない。

(ひょっとして、旦那さんと比べてるのか?)

募る悦びに、からだのあちこちを震わせながら、祐司はぼんやりと考えた。驚きと混乱と恥ずかしさが同時に押し寄せ、ほとんど茫然自失の体であった。

にもかかわらず、股間の分身は血液を限界まで集め、逞しい脈打ちをしなやかな指に伝える。

「立派だわ」

感に堪《た》えないふうに、百合がつぶやく。そして、無情にも勃起を捉えた手をはずしてしまった。

(え、そんな)

中途半端なところで放り出され、祐司は落胆した。それだけ彼女の手が快かったためもある。できれば最後まで導いてほしかった。

「ほら、これならどうかしら?」

お花の先生から得意げに問いかけられても、美奈代は啞然となっていた。祐司以上に、予想外の展開に驚愕したようである。

「オチンチンが勃起したことで、生命の漲りを感じるでしょう？　これならお葬式には見えないわ」

遺体が勃起していたら、葬式が台無しである。遺族は別の意味で悲しみに暮れることになろう。

「これこそ生命の象徴ね」

牡のシンボルに満足げな笑みを浮かべた百合が、袂からスマートフォンを取り出す。立ちあがると、様々な方向から祐司を撮影した。

（ああ、そんな）

居たたまれず、祐司は瞼をキツく閉じた。情けなくて恥ずかしくて、涙が溢れそうになる。

近寄り難いほど気高い女性という人物像が、ガラガラと音を立てて崩れる。百合は思い描いていたイメージとは異なり、大胆で行動力のあるひとだったようだ。

（ていうか、もしも美奈代先輩が脱ぐことになったら、どうしてたんだろう）

裸身に花を飾り立てても、ペニスがなければ生命の象徴など表せない。せいぜい乳首を勃《た》たせるぐらいか。

そう考えると、前々から構想していたふうでありながら、案外行き当たりばったりなのかもしれない。

(芸術家の考えることはわからないな……)

やれやれと思っていると、写真撮影が終了したようだ。祐司は恐る恐る目を開けた。見あげると、脇に立った百合がこちらを見おろしていた。高揚したかに見える美貌に、胸が高鳴る。これで終わりではないとわかったからだ。

「今の写真、どこかで発表するんですか?」

美奈代の問いかけに、美熟女が「いいえ」と首を横に振る。

「これはあくまでも、華道の探求の一過程です。完成品じゃありませんし、発表する段階でもありません」

百合の返答に、祐司は胸を撫で下ろした。もっとも、公《おおやけ》にしようものなら、猥褻物陳列罪でお縄を頂戴する恐れがある。そのぐらいは、彼女もわかっているのだろう。

「それに、まだ終わっていませんもの」

そう言って、上品なはずのお師匠さんが、着物の裾を絡《から》げる。中の襦袢《じゅばん》も薄物も大胆にめくり上げ、帯に挟み込んだ。

（嘘だろ……）

祐司は茫然と百合を見あげた。三十五歳の女らしく熟れた下半身が、あられもなく晒されたからである。

それこそ、ナマ白い下腹に逆立つ秘毛までも。

（着物のときには下着を穿かないっていうのは、本当だったのか！）

その事実を目の当たりにして、分身がビクンとしゃくり上げる。

陰毛以外も、煽情的なことこの上ない。肉厚な太腿は肌がなめらかで、いかにも柔らかそうだ。豊かな腰回りも、人妻の色香をぷんぷんと匂い立たせる。

「ゆ、百合さん、何を――」

信じ難い展開に驚愕する美奈代に、百合は妖艶《ようえん》な笑みを浮かべた。

「この生け花を完成させるの。あなたにも教えましたよね。生け花は、生けてそれで終わりではなく、それがどう変化するのか見極めることも大切だと」

もっともらしいことを言い、彼女が祐司の頭のほうに移動する。

（まさか――）

密かに期待した通り、上品なはずの奥様が顔を跨いできた。

むっちりした両腿のあいだに、黒い翳《かげ》りがある。剝き身の秘苑を、真下から見あげているのだ。こんな淫靡な光景が、他にあるだろうか。

そして、次の展開も容易に予想がついた。

「わたしを気持ちよくしてくださいな」

熱に浮かされたような口調で言い、百合が膝を折る。たっぷりして重たげな艶尻が、みるみる迫ってきた。

密集していた叢《くさむら》がほころび、濡れきらめくものが見える。けれど、目撃したのはほんの一瞬で、白い臀部が視界を奪った。

さらに、口許が湿ったもので塞がれる。

「んプッ！」

息ができなくなり、祐司は反射的に抗った。ところが、熟れ妻は容赦なく、柔らかな重みをかけてくる。

（ああ、これが百合さんの――――）

苦しいはずなのに、うっとりしてしまったのは、なまめかしい秘臭が鼻腔に流れ込んだからだ。

淑やかなお花の先生に相応しく、その部分は控え目な匂いをこもらせていた。風呂の残り湯に似たぬるい臭気に、汗の酸味が程よいエッセンスを加えたものだ。

かつて若妻の涼子や、処女の幹恵の生々しいフレグランスを嗅いだ祐司には、いっそもの足りないぐらいである。それでも、なめらかでモチモチした尻感触とも相まって、官能的な心地にひたった。息苦しいことも気にならない。

「ねえ、舐めてくださる？」

おねだりをした百合が、もっちりヒップを焦れったげにくねくねさせる。

我に返り、祐司は舌を出した。わずかでも酸素を確保しながら、湿った恥割れを抉《えぐ》るように舐める。

「あ、ああ、素敵」

うっとりした声音が、熟女の品の良さを如実に表す。しかしながら、やっていることは破廉恥《はれんち》極まりない。着物をまくって尻をまる出しにし、年下の男に恥ずかしいところを舐めさせているのだから。

とは言え、この淫らな状況が、牡を昂ぶらせたのも事実。全裸に花を飾られたみっともない姿で、ペニスを雄々しく脈打たせる。

(なんて大胆なんだ、百合さん)

いつしか祐司は鼻息も荒く、蒸れた女陰をねぶっていた。

「くぅうーん、いいわ。とっても上手よ」

聞こえる声が艶めきを増し、熟れ腰もいやらしくくねる。もっと感じさせたくなり、敏感な肉芽が隠れているところを探ると、

「あああ、そ、そこぉ」

百合があられもなくよがる。顔に乗った尻肉が、ビクビクと痙攣した。

(ああ、感じてる)

嬉しくて、舌づかいがいっそうねちっこくなる。

彼女がどこまでしてほしいのかはわからない。だが、祐司のほうは、このまま絶頂まで導いてあげるつもりになっていた。

3

そのとき、急に視界が開ける。

(え?)

目の前にあるのは、小山がふたつ並んだみたいな、人妻師匠のおしり。尻ミゾに埋まっていた鼻が解放され、呼吸が楽になった。

百合が上半身を前に倒したのだとわかったのは、強ばりきった肉根を握られ、先端

を強く吸われたからである。

「くあああ」

急角度で高まった快感に、たまらず声を上げてしまう。さらにチュパチュパと舌鼓《したつづみ》が打たれ、ねっとりしたものが敏感なくびれにまでまといついた。

（百合さんがおれのを――）

生徒たちに生け花を指導する上品な唇が、不浄の器官を咥《くわ》えたのだ。

「ん……ンふ。むふぅ」

はしたなく吹きこぼれる鼻息が、陰嚢の縮れ毛をそよがせる。すぐ間近にある百合の花も、風を受けているのではないか。

それはクンニリングスのお礼としてのフェラチオではあるまい。彼女自身が、男の漲りを味わいたかったようである。

そうとしか思えない貪欲な舐めっぷりに、祐司はたちまち危うくなった。

（うう、ま、まずい）

このまま清楚な唇を穢すことになっては、男として申し訳が立たない。だが、ひたすら忍耐を振り絞るには限界があった。

ここは起死回生を狙い、再び人妻を感じさせるのが得策だ。そう判断して頭をもたげた祐司の目に、尻の谷底にひっそりと隠れた、可憐なすぼまりが映った。

(百合さんのおしりの穴だ)

淡いピンク色のそれは、放射状のシワも短めで、バージンのごとく清らかな眺めだ。実際、牡の侵略など受けたことはないのだろう。

排泄口とは信じられない愛らしさに、つい悪戯《いたずら》したくなる。祐司はたっぷりした尻肉を左右に分けると、秘肛をペロリとひと舐めした。

「むふッ」

太い息がこぼれ、熟れ尻がわななく。その反応に、祐司は(あ、まずかったかな)と舌を引っ込めた。

相手は華道の先生である。今でこそ大胆に振る舞っているが、もともとは上品を絵に描いたような女性なのだ。肛門を舐めるなんて変態じみた行為を、咎《とが》められてもおかしくない。

ところが、彼女は勃起から口をはずすと、

「ああん。そ、そこも舐めてくださるのぉ?」

と、歓迎するように言ったのだ。

(え、舐めてほしかったのか?)

試しにチロチロと舌を這わせると、ツボミがくすぐったそうに収縮する。

「いやぁ、い、いやらしいひとね」

口ではなじりつつも、もっとしてほしいとばかりに、尻穴を口許に接近させた。

（なんていやらしいんだ）

もちろん、心から非難しているわけではない。素直な反応は、むしろいじらしい。

祐司はアヌスねぶりを続けた。尖らせた舌先を中心に抉り込ませると、百合はいっそう乱れた。

「いやぁ、あ、あん、お、おしりぃ」

嬌声を張りあげ、裸の下半身を震わせる。もともとそこが性感帯なのか。それともたった今、悦びに目覚めたのか。

いくら感じるとわかっても、彼女のように淑やかな女性が、肛門を舐めてと求めることはできないだろう。だとすれば、これは願望が叶った状況なのかもしれない。

（百合さん、もっと感じて――）

ほんのり汗の塩気が感じられる肛穴を、執拗にねぶり続ける。百合はフェラチオをする余裕もなくなったようで、屹立に両手でしがみついた。鼠蹊《そけい》部に顔を埋め、ハァハァと呼吸を荒くするばかり。

しかしながら、アナル刺激のみで頂上に至ることはなかった。

(もういいかな)

頃合いを見て、すぼまりの舌をはずす。見ると、恥叢の狭間に覗く肉の裂け目は、白っぽい蜜汁をトロトロとこぼしていた。

(うわ、こんなに)

おしりで感じた熟女は、ぐったりして祐司に体重をあずけている。ほとんど絶頂したかのようであるが、もちろんそんなことはない。尻穴舐めを存分に堪能したことで、力尽きたのだろう。

淡い桃色だった秘肛は、赤みが強くなっていた。無茶をしすぎたかなと反省し、お詫びにと秘苑に吸いつく。

ぢゅぢゅぢゅぢゅッ――。

粘りの強い愛液をすすると、たわわな臀部がビクンとはずんだ。

「いやぁ、もう」

嘆いた百合が、上半身をのろのろと起こす。息をはずませながら、祐司の上で向きを変えた。

「おしりの穴なんか舐めて……いやらしいひとね」

舐められて悦んでいたくせに、理不尽なことを言う。

彼女の頬は紅潮し、目も潤んでトロンとなっていた。まとめられていた髪にも後れ毛が目立ち、悦楽に溺れた名残を見せつける。

「気持ちよくなかったんですか？」

質問に、お花の先生がうろたえる。

「そ、そんなこと——」

言いかけて、唇をキツく結んだ。性格的に嘘がつけず、さりとて本当のことも言えなかったから、押し黙ったのではないか。

そして、誤魔化すつもりでもなかったのだろうが、後退して牡の腰を跨ぐ。はち切れそうに疼《うず》く陰茎が、そそり立つ真上に。

「今回の生け花の、最後の仕上げをしますね」

この期《ご》に及んで生け花を口実にするなんて。きっと照れ隠しなのだと祐司は思った。

ペニスを逆手に握り、上向きにしたものの尖端に、百合が淫華を密着させる。濡れていたところに亀頭をこすりつけ、たっぷりと潤滑した。

(するつもりなんだ、百合さん——)

セックスと生け花がどう結びつくのかわからないが、少なくとも自分たちが結ばれるのは確実なようだ。

そのとき、不意に視線を感じた祐司は、顔を横に向けた。

（え⁉）

そこにいた人物に愕然とする。美奈代だ。ずっと部屋にいて、事態を見守っていたのだ。

（しまった。先輩のことを忘れてた！）

今さら気がついても遅い。熟女の秘部ばかりか、アヌスまで舐めたところも、ばっちり目撃されたのである。

彼女は今にも泣きだしそうな眼差しを、こちらへ向けている。祐司の顔をというわけではなく、行為そのものを視界に入れているようだ。

（おれのこと、とんでもない変態だって思ってるんじゃないのか？）

軽蔑されたのではないかと考えて、泣きたくなる。けれど、すでに後戻りのできないところまで来てしまった。

「これ、ちょうだいね」

あられもないことを口にして、人妻がからだをすっと下げる。肉槍が熱い洞窟をずぶずぶと侵した。

「あふぅう」

百合が首を反らし、低い喘ぎをこぼす。同時に、膣穴がキュウッとすぼまった。

「むむぅ」

祐司も堪えようもなく呻き、裸体をピクピクとわななかせた。

（なんて気持ちいいんだ）

女芯内部も、熟れた趣を感じさせる。ねっとりしたヒダがまといつき、かすかに蠢《うごめ》いているふうだ。まさに坩堝《るつぼ》か。

「すごいわ……奥まで入ってる」

呼吸をはずませる、妖艶な面持ちの熟女。ふうと大きく息をつくと、腰を前後に振り出した。

「あ、あ、あ、あん」

嬌声がこぼれ、結合部がヌチャッと湿った音をたてる。交わりの動きが次第に大きく、激しくなった。

凜《りん》とした着物姿で、腰から下のみをあらわにしてのセックス。上半身と下半身のギャップが著しく、やけに卑猥だ。

祐司は虚ろな眼差しで、歓喜に漂う人妻を見つめた。

（これが本当に、あの百合さんなのか？）

街中で見かけた、清楚な物腰が嘘のよう。今は淫らこの上ない物腰で、悦びを一心に求める。

（うう、激しすぎる）

前後の動きが回転となり、やがて上下へと変化する。百合は両膝を立て、蹲踞《そんきょ》のような姿勢で交歓に耽溺《たんでき》した。

「はうう、ふ、深い」

膣奥を突かれるのが快いようで、身をよじってよがる。ゴムまりのようにはずむ艶尻が、腿の付け根にぶつかってパツパツと湿った音を立てた。

（たまらない。こんなの――）

脳が痺れるような愉悦にまみれつつ、祐司はそばにいる美奈代が気になった。彼女の顔は見られないものの、熱い視線を感じる。

（先輩、おれたちがしてるのを見てるんだ）

居たたまれないはずなのに、腰の裏がゾクゾクするのはなぜだろう。愛しいひとの前で他の女性と交わることに、昂奮しているというのか。

実際、祐司はかなり危ういところまで高まっていた。

そのとき、百合が「あふン」と深い喘ぎを吐き出す。牡腰に坐り込み、ハァハァと肩を上下させた。

「……イッちゃった」

艶めいた眼差しが見つめてくる。赤らんだ頬が色っぽい。

「あなたも、イキそうになってるんでしょ？」

「あ……はい」

「でしょうね。わたしの中で、オチンチンがビクンビクンってなってるもの」

あられもない指摘に、分身が膣内で猛々しく反り返る。それを受けて、彼女が腰を回しだした。

「さあ、今度はあなたの番よ」

絶頂後の膣内は熱を上げ、いっそう蕩けているふう。意識してなのか、入口がキツくすぼまった。

おかげで、たちまち悦楽の高みへと舞いあがる。

「ああ、あ、駄目です。もう――」

「いいのよ。いっぱい出しなさい」

「う、うう、こんな……で、出る」

目の奥に火花が散り、何も考えられなくなる。祐司は全身をガクガクと波打たせ、めくるめく瞬間を迎えた。

すると、百合がいきなり腰を浮かせたのである。

(え——)

いったいどうしてと思ったものの、走り出した射精は止まらない。頭部を赤く腫らしたペニスが、バネ仕掛けのオモチャみたいにしゃくり上げた。

「あ、ああ、いく」

白い樹液が撃ち出される。放物線を描いて飛んだそれは、祐司の胸元でピチャッとはじけた。

「ほら、もっとたくさん出すのよ」

熟女のしなやかな指が、下腹にめり込みそうになった陰嚢に添えられた。あたかも精液を吸い上げるポンプのごとく、やわやわと揉む。

「ああ、ああ、ううう」

快感がふくれあがる。祐司は手足をジタバタと暴れさせ、ありったけのザーメンを噴きあげた。飛び散ったものが自身の肌を汚すのを、どうすることもできずに。

(すごすぎる……)

間もなく放出がやみ、倦怠が訪れる。

「はっ、は――ハァ……」

胸を大きく上下させ、力尽きて四肢をのばす。花の香りに混じって、濃厚な青くさが漂う中、祐司はぼんやりと天井を眺めた。

気持ちよかったのは確かである。しかし、射精寸前で心地よい柔穴から追い出されたことで、幾ばくかの不満が残った。

(ひょっとして、危ない日だったのかも)

妊娠を避けるため、外に出させたのか。だが、そうではなかったのだと、祐司はほどなく知ることとなる。

「うん。とってもいいわ」

声に気がついて百合を見れば、さっきのようにスマホで写真を撮っていた。下半身まる出しのまま、嬉々として。

被写体はもちろん、緋毛氈の上に横たわる全裸の祐司だ。

せっかく飾られた花々も、激しい交わりで無残な姿となっている。花びらが散り散りになったものもあり、文字通りに落花狼藉の有り様であったろう。

おまけに、多量に飛び散った白濁液が、そこらを淫らに彩《いろど》っていたのである。

（……そうか。この写真を撮るために、わざと外に出させたんだな）

彼女はただセックスを愉しんだわけではない。あくまでも自身の探求する生け花を具現化したかったらしい。

オルガスムス後の気怠さにもまみれ、祐司は少しも動けなかった。それをいいことにあらゆる構図で写真を撮り終えると、人妻は満足げにほほ笑んだ。

「ご協力、感謝しますわ」

取って付けたように礼を述べ、帯に挟んでいた着物の裾を戻す。それから、美奈代に向き直った。

「江西さん、後片付けをお願いできるかしら？」

「え？　あ、はい」

茫然となっていた美奈代が、声をかけられて背すじをしゃんと伸ばす。頬がやけに赤い。

「わたしはシャワーを浴びなくちゃいけませんし、着替えも必要ですから、しばらく戻ってきませんわ。あとはごゆっくりどうぞ」

意味深なことを口にして、ふふと笑った百合が、和室を出て行く。髪型と着付けを乱した彼女の後ろ姿を、祐司はぼんやりと見送った。

4

「……ごめんね」

唐突に謝られ、祐司は「え？」と美奈代を見た。

散らばった花はすべて片付けられ、彼女は後輩の肌を濡らしたザーメンの後始末をしていた。粘つくものを、ティッシュで丁寧に拭って。

そんなことまでさせるのは申し訳なく、けれどどうすればいいのかわからなくて、祐司はされるままになっていた。みっともない姿を晒す情けなさにも苛まれて。

そんなとき、美奈代が突然謝罪したのである。

「いや、先輩は悪くありませんよ。まさか百合さんがあんなことをするなんて、誰も想像できなかったわけですから」

祐司の言葉に、先輩女子は「ううん」とかぶりを振った。

「だけど、兆候はあったのよ」

「え、兆候？」

「ちょっと前なんだけど、百合さんと会ってお茶をしたの。そのとき、夫婦生活のことで愚痴っぽいことをこぼしてたのよ」

「旦那さんとうまくいってないんですか？」

「そういうわけじゃないんだけど、夜の生活のことでちょっとね」

夜の生活というのがセックスを指すのは、すぐにわかった。

「要は、ご無沙汰ってことなんだけどね。百合さん、旦那さんになかなかおねだりができないらしいの」

さっきはあれだけ大胆だったのに、どうして夫婦間で求めることができないのだろう。あるいは、夫の前では世間の評判通り、淑やかに振る舞っているのか。

「百合さん、たしかに気さくなひとなんだけど、普段はそっち方面の話はしないから、わたしも驚いたの。よっぽど積もり積もったものがあるのかしらって。だから、さっきあんなことをしたのは、欲求不満が高じてなんじゃないかと思うの」

つまり、火照《ほて》った肉体を鎮めるべく、罠に飛び込んできた男を弄《もてあそ》んだというのか。

「だけど、あれは生け花を探求するためにって」

「どうかしら？　わたしはただの口実のような気がしたけど。だいたい、さっきみたいなことが生け花の探求だなんて、わたしにはとても納得できないわ。だって、目茶苦茶なんだもの」

華道の経験者だけあって、美奈代の言葉には説得力があった。

「でも、裸になるのはどちらでもかまわないって、百合さんは言いましたけど」

「祐司君が引き受けるに違いないって、見越してたんじゃないの？　仮にわたしが脱ぐことになっても、祐司君は昂奮してオチンチンを大きくするだろうし、それをいいことにエッチな展開に持ち込むとか」

なるほど一理あるかもと、祐司は納得した。

「まあ、百合さんはアイドルを引き受けてくれるわけですから、結果オーライじゃないですか？　かなり恥ずかしかったですけど、そればっかりでもなかったですし」

取り繕うつもりで言ったのだが、美奈代が眉をひそめる。

「たしかに、かなり気持ちよさそうだったけどね」

後輩がさんざん責められて、感じていたのを思い出したのか。彼女だけ蚊帳《かや》の外だったのであり、決して愉快な状況ではなかったはず。

「いや、だけどあれは――」

祐司は焦り、弁明を試みようとした。しかし、何を言っても墓穴を掘りそうな気がして、口を閉じる。

「ま、いいわ。確かに目的は果たせたわけだし、とりあえずよかったのよ」

自らに言い聞かせるように、美奈代が首肯する。それから、萎えて縮こまった秘茎を摘まんだ。こびりついた粘つきを拭こうとしたのだろう。

「あ――ううう」

くすぐったさの強い悦びが生じて、祐司は腰を震わせた。

営業後の寿湯で愛撫されたときには、彼女が握ったところを見ることができなかった。けれど、今は頭をもたげれば、たおやかな指が分身を捉えた場面を、しっかり確認できる。

（先輩が、おれのチンポを――）

憧れの女性が、不浄の器官に触れている。その事実だけで昂ぶりがこみ上げ、海綿体が充血する。

「え、えっ、どうして？」

美奈代が焦った声を上げる。手の中で、牡器官がいきなり膨張したのだ。そうさせるつもりなどなかったのに。

たちまち強ばりきった肉根に、彼女が困惑の目を向ける。

「勃っちゃった……」

つぶやいて、祐司を横目で睨んだ。

「どうして大きくなったの？」

「あの、先輩の手が気持ちよくって」

「さっき、あんなにたくさん出したのに？」

たった今、それをようやく拭い終えたところなのである。どれだけ多量にほとばしらせたか、美奈代はわかっているのだ。

「ほら、こんなに硬いのよ」

筒肉に巻きついた指が、ニギニギと強弱を与えてくる。快さがふくれあがり、祐司は無意識に腰を上下させた。

「あ、あ、先輩」

たまらず声を上げると、根元をギュッと握られた。

「そんなエッチな声、出さないで」

叱られて、首を縮める。

「つたく……これ、元気すぎるわ」

美奈代が悩ましげに眉をひそめ、手をそっと上下に動かす。身をよじりたくなる快感が生じたものの、また咎められるのではないかと、祐司は歯を喰い縛った。

「こんなになったら、出さないと気が済まないんじゃない？」

問いかけに、「まあ、いちおう」と曖昧《あいまい》にうなずく。ひょっとしたら、また放精に導いてくれるのではないかと期待して。

ところが、彼女は無情にも、屹立の手をはずしてしまった。

（ああ、そんな）

祐司は落胆した。適当な返答をしたことで、こちらの意図を見透かされてしまったのだろうか。

すると、美奈代が自らの服に手をかける。ためらいもなく脱ぎだしたものだから、祐司はうろたえた。

（え、何を⁉）

彼女は下着姿になると、迷いを浮かべた。それでも意を決したようにブラジャーをはずす。お椀型の、かたちの良い乳房があらわになった。

（お、おっぱいが――）

当然ながら、祐司の目はふたつのふくらみに釘付けとなる。股間のイチモツも、はしゃぐみたいに頭を振った。

彼女はちょっと考えてから、最後の一枚も素早く脱いだ。裸身を見られまいとしてか、祐司にぴったり身を寄せて添い寝する。

（ああ、先輩……）

女体の甘い香りと、肌のなめらかさに陶然となる。ずっと憧れていた人妻とこんなことになるなんて、奇跡としか思えなかった。

ただ、彼女の意図が摑めない。

「先輩、どうして？」

声を震わせて訊ねれば、美奈代がやけに優しい面差しで見つめてくる。

「祐司君だけ裸にさせるのは不公平だわ」

「不公平って……」

「もしかしたら、わたしが素っ裸で、お花にまみれていたかもしれないんだもの。ううん。わたしが百合さんを紹介したんだから、本来ならわたしがその役を担うべきだったの」

「いや、そんなことは――」

「いいから、黙って」

ペニスが再び、柔らかな手指に捉えられる。優しくしごかれ、祐司は涙ぐみたくなる悦びにひたった。

「うう、せ、先輩」

「気持ちいい？」

「はい。すごく」

「またいっぱい出しなさい」

それも確かに素敵だったが、できればもっと親密になりたい。せっかく裸でふれあっているのだから。

しかし、その前に、どうしても伝えねばならないことがある。

「あの、先輩にふたつお願いがあるんですけど」

「うん、なあに？」

「ひとつ目は、先輩にもアイドルのメンバーになっていただきたいんです」

「え、わたしが？」

「はい。できれば、リーダーを務めていただきたいんです」

「だけど、わたしなんて……」

遠慮しているのか、それともできない事情があるのか。だが、どうあっても彼女に承諾してもらわねばならない。

「メンバーが集まって、どうにかやっていけそうなのも、先輩がアドバイスをしてくれたおかげなんです。つまり、先輩以上に適任なひとはいないんです」

「そんな……わたしはただ、祐司君が困っていたから、手を貸しただけなのに」

「でしたら、もう少し力を貸してください。おれにとっては、先輩が一番のアイドルなんです。昔からずっと憧れていたんです」

どさくさ紛れに、告白めいたことを口にすると、美奈代が驚いたように目を見開く。それでも、ひたすら頼み込むことで、彼女はとうとう折れた。

「そうね……祐司君にあれこれけしかけたんだから、わたしも責任を負わなくちゃいけないわね」

「そうですよ。是非お願いします」

「うん。やるわ」

「ありがとうございます」

祐司は安堵して礼を述べた。すると、照れくさくなったのか、美奈代が話を逸らす。

「ところで、もうひとつのお願いって何？」

「え？　ああ、えと、おれにもお返しをさせてください」

「お返しって？」

「このあいだもそうですし、おればっかり気持ちよくしてもらうのは心苦しいんです。今度はおれが、先輩を気持ちよくしてあげたいんです」

「気持ちよく……」

「お願いします。先輩のアソコを見せてください」

ストレートなお願いに、人妻が赤面する。見せるだけでは済まないと、わかったからであろう。


「わ、わたしはいいわよ」

「そんなの駄目です。後輩だからって先輩に甘えてばかりじゃ、男としての立場がありません」

ここまでのやりとりで、美奈代がけっこう押しに弱いことがわかったから、祐司は強引に進めた。身を起こし、女らしい下半身へと移動する。

「や、ヤダ、ダメよ」

抵抗も、どこか弱々しい。

あるいはすべてを脱いだときから、彼女はこうなることを覚悟していたのではないか。祐司は両膝に手をかけて左右に離し、秘められたところをあらわにさせた。

「イヤぁ」

美奈代が身を震わせて嘆いた。

（ああ、先輩のアソコ――）

繁茂した叢の狭間に、秘肉の裂け目が見える。やや赤らんだそこは、透明な蜜が塗りたくられていた。あるいは、熟女と後輩の性行為を目の当たりにしながら、密かに濡らしていたのではないか。

熱を帯びた淫香が、むわむわとたち昇ってくる。それは温めたヨーグルトを思わせるかぐわしさだった。

「先輩のここ、すごく綺麗です」

感動を込めて告げると、彼女は両手で顔を覆ってしまった。

「き、綺麗なわけないでしょ、そんなところ」

「本当です。おれは高校――いや、中学の頃から、ずっと先輩に憧れていたんです」

真っ直ぐな告白に、とうとう何も言えなくなったらしい。美奈代は「うー」と呻き、手足の力を抜いた。年下の男に、身を任せる心づもりになったのか。

それでも、祐司が女芯に顔を埋めると、「キャッ」と悲鳴をあげた。

「だ、ダメよ。そこ、汚れてるのにぃ」

蜜をたっぷりこぼしている自覚があったのか、腰をよじって逃れようとする。せっかく手中に収めた宝物を、みすみす逃がしてなるものか。祐司は必死で食らいつき、粘っこい甘蜜をすすり舐めた。濃密な乳酪臭を、深々と吸い込みながら。

「ああ、いけないわ……汚れてるの、くさいのぉ」

涙声の抵抗も、次第に弱まる。クリトリスを吸いねぶられることで、快感が羞恥を凌駕したらしい。成熟したボディを、ビクッ、ビクンと震わせるようになる。

「うう、旦那だって、こんなに舐めてくれないのに」

その言葉は、祐司を大いに満足させた。ならば、夫から与えられたことのない悦びをもたらすべく、秘核を狙って舌を律動させる。

「イヤイヤ、か、感じすぎるぅ」

程よく引き締まったウエストが、舌づかいに同調して波打つ。重たげなヒップも緋毛氈の上ではずみ、少しも落ち着かない。

(美味しい……先輩のラブジュース)

すすってもすすっても、トロミは滾々《こんこん》と溢れ出る。陰部にこもっていた恥臭が薄らぎ、唾液の匂いに取って代わるまでクンニリングスを続けると、女体の反応がいっそう艶めいてきた。

「あうう、へ、ヘンになっちゃう」

いよいよ切羽詰まってきたか、息づかいが荒い。舌で抉られる淫裂が、なまめかしくすぼまった。

（先輩、イッてください――）

胸の内で呼びかけ、ふくらんで硬くなった肉芽を吸いたてる。とうとう美奈代は、悦楽の頂上へ至った。

「イヤっ、イヤぁ、い――イクイクイク、イクのぉおおっ！」

盛大なアクメ声をほとばしらせ、背中をぎゅんと弓なりに浮かせる。

「うっ、うう、くぅ……ふはッ」

大きく息を吐き、高いところから落ちるみたいに脱力した。

（イッたんだ、先輩……）

ひと仕事やり遂げた充実感にひたり、祐司もふうと息をついた。しどけなく手足を投げ出し、時おり歓喜のさざ波を柔肌に立てる姿の、なんといやらしいことか。股間の分身が、彼女の中に入りたいとばかりに、脈打ちを著しくした。

そのとき、左手の薬指に光る指輪が目に入る。愛しの先輩が人妻であることに、胸が潰れるようだった。

（こんなことをしたって、先輩はおれのものにならないんだ）

自ら服を脱ぎ、肌を重ねてくれたのだって、ある種の同情みたいなものだ。後輩を愛しく思うことはあっても、それは真の情愛とは異なるのである。

やり切れなくて、涙がこぼれそうになる。いったい何をやっているのかと、自己嫌悪にも苛まれたとき、美奈代が瞼を開いた。

「……祐司君にイカされちゃった」

恥じらいの微笑に、胸がきゅんとなる。ああ、やっぱり自分は、このひとが好きなのだ。祐司は思い知らされた。

もちろん、道ならぬ恋だとわかっている。

「オチンチン、まだ硬いまんま？」

ストレートな問いかけに、祐司は「はい」とうなずいた。

「だったら、挿《い》れていいわよ」

気怠げな誘いに、思わず「いいんですか？」と確認してしまう。すると、彼女が不機嫌そうに眉根を寄せた。

「ここまでしておいて、おあずけを食らわせるつもりなの？」

睨まれて、思わず首を縮める。だが、それは照れ隠しだったようだ。

「わたしだって、祐司君としたいのよ」

この上なく嬉しい言葉に、今度こそ本当に泣くかと思った。だけど、涙など見せられないと、ぐっと堪える。

「おれも、先輩としたいです」

「だったらおいで」

両手を差し出され、祐司は幼子が母親に甘えるみたいに、胸に飛び込んだ。

見つめ合ったあと、どちらからともなく唇を重ねる。舌を戯《たわむ》れさせ、甘い唾液をもらうことで、全身が熱くなった。

(ああ、先輩とキスしてる)

秘密の園にくちづけた以上に、深く繋がった心地がする。

美奈代が両膝を立て、そのあいだに腰を割り込ませる。強ばりきった筒肉が、温かな蜜をこぼす恥割れにめり込んだ。

唇が離れると、彼女が濡れた瞳で見つめてくる。

「オチンチンが、オマンコに当たってるわ」

卑猥な四文字を口にされ、己身がビクンと反り返る。せっかく入るべきところを捉えていたのに、穂先がそこからはずれてしまった。

けれど、ふたりのあいだに入り込んだ手が、もう一度あてがってくれる。

「ここよ」

期待に満ちた眼差しで、美奈代が告げる。本当に、深く交わりたくなっているのだとわかった。

「それじゃ、挿れます」

「うん。硬いオチンチン、奥までちょうだい」

はしたないおねだりに無言でうなずき、祐司は腰を沈めた。長らく求めていた、憧れの地へ。

「あ、ああ、入ってくるぅ」

人妻が裸身をワナワナと震わせる。仰向けでもかたちを崩さない乳房が、ゼリーみたいに揺れた。

「あ、せ、先輩」

粒立ったヒダにこすられ、強烈な快美感にまみれる。息を荒ぶらせながら、祐司は限界まで分身を送り込んだ。

（入った──）

ふたりの陰部がぴったり重なるなり、蜜穴がキツく締まる。まるで、離すまいとするかのごとく。

「ああ、先輩の中、温かくてヌルヌルしてて、すごく気持ちいいです」

胸から溢れる言葉をそのまま伝えると、彼女がうっとりした顔で告げる。

「わたしもよ。祐司君のオチンチン、わたしのオマンコにもぴったりみたい」

そう言って、掲げた両脚を腰に絡みつけてくる。

「ね、いっぱい突いて」

「はい」

要請に応え、漲り棒を出し挿れする。まつわりつく濡れ粘膜が、ペニスをぬちぬちとこすった。

（うう、気持ちいい）

遠慮がちだった腰づかいが、快感の高まりとともに荒々しくなる。何しろ、愛しいひとと悦びを共有しているのだ。肉体的にも、精神的にも快い。かつてない最高のセックスと言えよう。

（おれ、先輩としてるんだ）

その事実だけで、果ててしまいそうだ。

ぬちゅ……クチャ、ぢゅるッ――。

亀頭の段差で掘り起こされるヒダ肉が、卑猥な粘つきをたてる。

「イヤ、あ、あああ、感じる」

美奈代の嬌声が、耳に心地よく響いた。

「祐司君のすごく硬い……わたしの中で、ビクビクしてるのぉ」

「先輩のオマンコが気持ちいいからですよ」

「うう、バカぁ」

緋毛氈の上で、ふたりは汗ばんだからだを絡め、性器を深く交わした。唇も重ねて、からだの上と下で繋がりあう。

「む……ううう、むふ」

「ふは、あ——くふぅ」

切ない喘ぎが交錯し、肉体が芯から火照ってくる。重なった肌が、溶け合う心地がした。

(先輩、大好きです)

胸の内で告げ、ペニスを出し挿れさせる。歓喜に脳を蕩かせて。

愉悦の極地に漂い、ふたりはほぼ同時に頂上を迎えた。息が続かなくなり、くちづけをほどいて歓喜にたゆたう。

「先輩、おれ、もう……」

「わ、わたしも、またイッちゃいそう」

「いいんですか？　このまま出して」

問いかけに、わずかな逡巡を示したのち、美奈代が「いいわ」と答える。

「わたしの中に出してちょうだい。さっきよりもたくさん」

「はい……あああ、い、いきます」

「わたしも――あ、イクッ、イクッ、くうううう」

「先輩、先輩……で、出ます」

「来て、来てっ、わ、わたしもイクぅうううっ！」

「うあああああっ」

熱い体液がほとばしる。それを膣奥で浴びた人妻が、悦びの声をあげた。

「あああ、出てるのぉッ」

ヒクヒクと痙攣する女体を抱き締め、祐司はすべて出し切ったあとも、飽くことなく腰を振り続けた。

第五章　最後の唇

1

掛上桜祭りの当日――。

（いよいよこの日を迎えたか……）

下町の神社内に設《しつら》えられたステージを前に、祐司の胸には迫るものがあった。

この二ヶ月、まさに走り抜けたという感がある。特にメンバーがすべて揃ってからの後半は、目まぐるしかった。

歌や振り付けの練習は、決して充分とは言えなかったろう。それぞれに仕事や学業があり、全員揃うことが難しかったのだ。祐司は各々に歌入りとカラオケのＣＤ、それから美奈代と一緒に考えた振り付けのＤＶＤを渡し、個々の練習をお願いした。

都合がついてメンバーが一堂に会したとき、最初はやはり緊張感があった。同じアイドルグループの一員でも、要は寄せ集めだ。そう簡単に打ち解けあえるはずがない。多彩な年代を募ったことが、かえってネックになった。

そんな状況の助けになったのが、美奈代のリーダーシップであり、涼子の明るさであり、幹恵の冷静さであり、百合の包容力であった。様々な個性が、むしろ団結を高める助けになったのだ。それこそ、一番若くて頼りないつかさですら、保護欲をそそることでマスコット的存在となり、みんなの心をひとつにしたのだから。

祐司はプロデューサーという立場ながら、とにかく裏方に徹した。練習はリーダーの美奈代に任せ、本番に必要なものの準備に奔走した。

祐司自身も仕事の合間を縫ってであり、しかも年度末の忙しい時期だったから、スケジュール的にはかなりキツかった。それだけに、いよいよ本番ということで、感慨深かったのである。

神社の境内は、桜が満開だ。祭当日に花が合わせたのではないかと思うほど、咲き誇っていた。

（この桜みたいに、おれたちもひと花咲かせたいものだな）

贅沢は言わない。とりあえず、祭のステージがうまくいけばそれでいい。あとは、観客の拍手と歓声がもらえたら。

そんなことを考えていると、メンバーたちが集まってきた。

「どうしたの、プロデューサー？　深刻そうな顔しちゃって」

美奈代が冗談めかして訊ねる。

先輩からプロデューサーなんて呼ばれるのは、正直くすぐったい。そうとわかっていて、彼女はわざと持ちあげているフシがあった。

「いや、べつに深刻になってませんけど。ただ、いよいよ本番だなと思って」

「そうですね。うん、楽しみ」

ニコニコ笑顔で言ったのは涼子だ。まったく緊張していないらしい。

振り付けで最もミスが多いのは、実は彼女なのである。なのに、不安など微塵もなさそうだ。

「楽しみって……」

「だって、いよいよわたしたちの歌を、みんなの前で披露できるんですよ。どんな反応があるのか、早く知りたいわ」

人妻とは思えない、天真爛漫な笑顔。メンバーたちはもちろん、祐司もほっこりした気分になった。

（助かるな、本当に）

彼女をスカウトしたのは、大正解だった。

「だけど、衣装は本当にこれでいいのかしら？」

首をかしげたのは百合である。彼女はいつもどおりの着物姿で、ただひとり和の装いなのだ。

もっとも、他の者にしたところで、涼子は食堂勤めのときと同じエプロンを着用している。幹恵は黒いスーツに黒縁眼鏡と、それぞれに合った身なりだった。

ただひとつ共通しているのは、肩にかけたカラフルなたすきと、ベレー帽に近いデザインのキャップだ。これが掛上町のアイドルの、謂わばコスチュームである。

「いいんです。我々は、何よりメンバーの個性を大事にしていますから。揃えるものは必要最小限にしたんです」

祐司はもっともらしく答えたものの、本当のところ、ただの苦し紛れのアイディアであった。

何しろ、二十歳から三十六歳までと、メンバーの年齢層が幅広い。誰が着ても可愛らしく映える衣装など、あるはずがなかった。祐司はあちこちのショップを見て回り、店員に相談もしたのだが、これは無理だと早々に諦めた。

そこで、個性を殺さない程度のもので、グループらしさを演出することにしたのである。

「わたし、この帽子はけっこう気に入ってるんです。可愛いから」

幹恵が満足げに言う。愛らしさと落ち着きを融合させたデザインゆえ、地味な服装でも違和感なく似合っていた。

「でも、このたすきはちょっとハデかも」

つかさがちょっぴり口を尖らせる。内向的だった彼女も、年上の女性たちに可愛がられる中で、かなり自己主張をするようになった。厳しさではなく、優しさによって自信が植えつけられたようだ。

左肩から右脇腹へと、斜めにかけられた幅広のたすきは、虹色カラーで派手派手しい。ただ、そのぐらい目立たせないと、アイドルとしてのアイデンティティーが危ういのだ。

そのことは、彼女たちも理解してくれている。

「まあ、このぐらいのことはしないと、ステージで全然映えないし」

「それこそ、カラオケ大会の出演者と変わりないものね」

涼子と幹恵が言い、つかさが「たしかにそうですね」とうなずく。

二十歳の娘は、かなりお洒落をしてきたようだ。膝上の黒いソックスと、ミニスカートのコーディネイトが、健康的なエロティシズムを演出する。それがたすきによって目立たなくなるのが、少々不満なのではないか。

（このスカートって、あのときのだよな……）

池袋でのノーパンプレイ。ナマのおしりが今にも覗きそうにヒラヒラと頼りなかった、あのミニスカートだ。

では、今も下着を穿いていないのかと想像しかけたところで、

「そう言えば、つかさちゃんのスカート、短すぎない？」

美奈代が心配そうに訊ねる。幹恵も「そうそう」と同意した。

「ステージがけっこう高いから、下から覗かれちゃうかもよ」

「ああ、だいじょうぶです。下にちゃんと短パンを穿いてますから」

そう言って、つかさがスカートの裾をちょっと持ちあげる。

そのとき、祐司が胸を高鳴らせたのは、若い太腿にそそられたからではない。彼女とオフィスビルのトイレでセックスしたことを思い出したからだ。あのときもミニスカートをめくって、いきり立つモノを濡れ穴に突き立てたのである。

（ていうか、おれ、メンバー全員としちゃったんだよな……）

今さらのように思い出し、モヤモヤしてくる。

複数回交わったのは若妻の涼子のみで、あとは一度きりの関係である。けれど、それぞれに印象深いひとときだった。ほんの一場面でも脳裏に蘇らせるだけで、股間が熱を帯びるほどに。

もちろん、最も心に残っているのは、美奈代とのセックスだ。憧れの女性との交わりは快感があとを引き、全身がバターになって溶けた心地すらした。

そのときのことを思い返し、何度ペニスをしごいたことか。他の四人との記憶もオカズにしたけれど、一番は愛しの先輩である。

今も五人を前にして、視線は美奈代に向きがちだ。あれ以来、元の先輩後輩の間柄に戻り、色めいた場面がまったくなかったものだから、余計に浅ましく期待してしまうのだろうか。

(だけど、先輩には旦那さんがいるんだぞ)

数え切れないほど自身に言い聞かせたのに、未練は募るばかりだ。

「ねえ、わたしたちの名前、何になると思いますか?」

涼子がみんなに問いかけ、祐司は現実に引き戻された。

当初は、デビューステージでグループ名を発表するつもりでいた。ところが、メンバーで相談してもいいものが浮かばず、結局、今日のステージで公募することにしたのである。今後も活動することを見越して。

「わたしは掛上五人娘がいいと思うんですけどね」

百合の提案に、他の四人が難色を示した。

「お年寄りには憶えやすいでしょうけど、アイドルっぽくないですよ。わたしはやっぱりミルキースターズが」

つかさのアイディアも、すでに却下されたものだ。

「まあまあ。あとは応募されたものを見てから決めましょう」

美奈代がその場をおさめ、メンバーに声をかける。

「とにかく、やるだけのことはしてきたんだから、今日は目一杯楽しんで歌いましょう。せっかくのデビューステージだし、悔いのないように」

これに、一同がうなずく。祐司も加えて円陣となり、右手を出して重ねた。

「それじゃ、涼子ちゃん、発声よろしく」

美奈代に指名され、若妻は「え、わたし？」と目を丸くした。けれど、ムードメーカーだけあって、すぐに明るい笑顔を見せる。

「それじゃ、リーダーが言ったとおり、楽しくやりましょう。少々の失敗は気にしないで」

「あら、失敗するのは涼子ちゃんじゃなくって？」

百合のツッコミに、「それは言いっこなしですから」と涼子。これに、みんなが笑った。リラックスして、いい雰囲気になる。

「とにかく、今日がわたしたちのスタートです。頑張りましょう」

みんなで「おーっ！」と鬨《とき》の声をあげる。そのとき、美奈代がどこか寂しげな表情を見せたのが、祐司は気になった。

2

恒例のカラオケ大会に続き、美奈代たち五人がステージに現れると、会場に詰めかけた観客たちから拍手と歓声が沸き起こった。それは掛上町のアイドルへの、期待の表れであったろう。

境内はこれまでになくひとで溢れ、移動もひと苦労という有り様。大勢の視線を浴びて、さすがに彼女たちは緊張しているかに見えた。

それでも、一曲目が始まると、綺麗な歌声を響かせる。簡単なステップと手を振るぐらいのアクションながら、ちゃんと揃っていた。

統一されていない衣装で、年齢もバラバラ。けれど、五人は紛れもなくアイドルだった。グループとしてステージに立っても、ひとりひとりがキラキラと輝いている。

ステージ脇で音響の調整をしながら、祐司は胸に熱いものがこみ上げるのを覚えた。ほんの二ヶ月前まで、影もかたちもなかったものが、短い時間でここまでになったのである。それに関わってきたひとりとして、感動せずにいられない。

（みんなよくやったよな、本当に……）

まだステージは終わっていないのに、涙ぐみそうになる。

一曲目が終わり、ひとりひとりが自己紹介をする。その中で涼子による、「実は結婚してました」宣言がなされた。

「えーっ⁉」

驚きの声があちこちからあがる。ほとんどは男性で、あからさまに落胆した響きもあった。

それでも涼子が、「これからも変わらず、西岡食堂へいらしてください」と言うと、温かな拍手が送られた。

自己紹介は、他のメンバーから茶茶が入るなどして和やかに進む。観客の笑いも起こって、雰囲気がいっそう盛りあがった。おかげで、二曲目はハーモニーも振り付けも、練習のとき以上に完成度の高いものになった。

そして、いよいよ最後の曲である。

(頑張って、もう一曲ぐらい作ればよかったかも)

祐司は後悔した。たった三曲で終わるには惜しいぐらいに受けていたからだ。

もっとも、五人の負担を考えると、致し方ない部分もある。次の機会までには何とかしようと思ったとき、美奈代が観客たちに告げた。

「次の曲がラストになります」

落胆の声があちこちからあがる。それに照れくさそうな笑みを浮かべたあと、彼女がすうと息を吸い込んだ。

「実は、ここで報告があります。今日がわたしたちのデビューなんですか、わたし、江西美奈代は今日限り、アイドルを卒業します」

これに、会場中から悲鳴に近い声があがり、どよめきが広がる。ステージ上の他のメンバーも、一様に驚愕の面持ちを浮かべた。

もちろん、祐司も。事前に何も知らされていなかったのだ。

(どうして、先輩——)

訳がわからず、啞然となる。

「リーダーという立場でありながら、いきなり卒業するなんて無責任だと思われるかもしれません。でも、ちょっと事情がありまして……実は、わたし、赤ちゃんができたんです」

再び起こるどよめきが、今度は温かな拍手へと変わる。「おめでとう」と、お祝いの言葉も投げかけられた。

「ありがとうございます。これからデリケートな時期を迎えますので、残念ながらアイドルを続けることはできません。でも、わたしたちはこれで終わるわけではありません。残る四人で頑張っていきますし、新しいメンバーが加わることもあるでしょう。ですから、これからも応援をよろしくお願いします」

美奈代が頭を下げ、歓声と拍手が大きくなる。それでようやく、祐司は我に返った。

(……そうか、先輩に赤ちゃんが)

祝福すべきなのに、素直におめでとうと言えそうにない。先輩とは二度と親密な関係を持てないと、確定されたようなものだからだ。

しかし、ある可能性が浮かんで、胸がざわめき出す。

(待てよ。妊娠って、ひょっとしておれの子供——)

あのとき、美奈代の膣奥にたっぷりと射精したのだ。それが受精して、今日の発表に繋がったのではないか。

ステージ上では、次のリーダーとして涼子が指名される。予想外のことでうろたえた若妻だったが、美奈代に適任だからと励まされ、快く引き受けた。

「それでは最後の曲です。『四月になれば』、聴いてください」

祐司は虚ろな眼差しでカラオケを流した。美奈代のお腹に自分の子供がと考えるだけで、少しも落ち着かなかった。

短いイントロに続いて、しっとりしたメロディが境内に流れる。つかさが曲をつけてほしいと持ってきた、あの歌であった。

春の日の街は静かに　ひとの流れを見送る
見慣れてるどんな景色も　今日はなぜに寂しい
サヨナラなんて言いたくなくて
涙で笑って　大きく手を振り返す
四月になれば忘れてしまう
だけど必ず思い出せる　今日の旅立ちを

Cメジャーの単純なコード進行ながら、これまでで最高の曲ができたと、祐司は自負していた。けれどこれが、先輩のラストソングになるなんて。

四月が過ぎて　桜も散れば
次の出会いに今日の別れも　忘れてしまうだろう

美奈代のソロパートが耳に痛い。祐司は目の前の景色が涙でぼやけるのを感じた。曲が終わると、拍手と歓声が神社の建物に反響する。予定になかったアンコールまで沸き起こり、最初に歌った曲をもう一度披露してから、掛上町のアイドルのファーストステージは終了した。

3

祭は日暮れを迎え、屋台の営業は続いている。一方、ステージのほうは、ほとんど片付けられていた。

「ちょっといい？」

声をかけられ、祐司は我に返った。町内会の長老たちに、アイドルグループの出来映えを称賛されているあいだも心ここにあらずで、生返事しかできなかったのだ。

振り返ると、美奈代だった。

「あ、先輩」

「こっちへ来てくれる？」

招かれるまま、ふたりで神社の裏手に回る。

そちらは鬱蒼《うつそう》とした杉林だ。夕刻ともなれば、少し足を踏み入れるだけで、他からは見えなくなる。

林の中を四、五メートル進んだところで、美奈代が足を止めた。

「今日はごめんね」

「え？」

「いきなり卒業するなんて言ったこと。せっかくみんなで頑張ってきたのに、出端をくじくみたいになって」

暗がりでも、申し訳なさそうな顔をしているのがわかる。だが、妊娠したのにアイドルを続けろなんて、強制できるはずがなかった。

いや、問題にすべきは、そんなことではないのだ。

「あの、赤ちゃんができたって、ひょっとしておれの――」

皆まで言わないうちに、彼女が「はあ⁉」と声をあげる。続いて、やれやれという
ふうに肩をすくめた。

「ねえ、わたしが祐司君とエッチしたのって、いつ？」

「え？　ああ、先月……」

「そんなに早く、妊娠したことがわかると思うの？」

「いや、あの」

「まあ、検査薬を使えば、三週間ぐらいでわかることもあるけど。とにかく、わたし
はもうすぐ三ヶ月なの。祐司君の子供だなんて、万にひとつもあり得ないわ」

きっぱりと言われ、祐司は全身から力が抜けるのを覚えた。

(なんだ、おれの子供じゃないのか)

ホッとする反面、落胆もする。これで美奈代との絆《きずな》が、完全に断ち切れたからだ。

すると、彼女が顔を近づけてきた。

「ねえ、仮にお腹の子が祐司君のタネだったとしたら、責任取ってくれるの？」

詰め寄るように言われ、返答に詰まる。

「あの、それは――」

あとは言葉が出てこなかった。

「ま、そうでしょうね」

突き放す口調に、男として情けないと落ち込む。要するに、自分はなんの覚悟も持たずに、先輩と抱き合ったのだ。

「祐司君はわたしのことより、涼子ちゃんたちのことを考えてちょうだい。今日のステージは大成功だったから、これからもお呼びがかかる可能性が大きいのよ。プロデューサーとして、しっかりしてくれなくっちゃ」

発破《はっぱ》をかけられ、たしかにそうだなと反省する。

「わかりました……精一杯やります」

「うん。頑張って。祐司君ならできるわ」

励ましてくれた彼女が、いきなり腕を摑んで引っ張る。祐司はバランスを崩してつんのめり、柔らかなボディに抱きついた。

（あ――）

甘い香りに包まれるなり、背中に腕が回される。ふたりの頬が重なった。

「祐司君の作った曲、とってもよかったわ。つかさちゃんの詞もそうだけど、やっぱり才能があるのよ。自信を持ってね」

「はい……」

「あと、エッチしたとき、祐司君からずっと憧れていたって言われたの、とてもうれしかったわ」

「え？」

「わたしってけっこうモテるんだなって、誰かに自慢したくなったもの。それから、エッチも気持ちよかったわよ。わたし、アソコを舐められてイッたのって、初めてだったんだからね」

密着した頬が熱い。大胆な告白が照れくさくて、火照っているのではないか。

「おれも――」

「え？」

「先輩とのセックスが、これまでで一番気持ちよかったです」

「バカ」

優しい声でなじった美奈代が、身を剝がす。目を潤ませたのか、かすかにきらめいていた。

「でも、祐司君とのエッチは、あれが最初で最後なの。わかってね」

「はい……」

「あと、こういうことをするのも、今日が最後だから」

祐司は杉の木を背中にして立たされた。そのすぐ前に、彼女が跪《ひざまず》く。

(美奈代先輩、ひょっとして——)

期待が気球のごとくふくらんだ。

「じっとしててね」

ベルトがはずされる。ズボンとブリーフが、まとめて足首までおろされた。

「あうう」

腰がブルッと震える。柔らかな指が、秘茎を握ったのだ。

悦びが募り、平常状態だったものがたちまち膨張する。反り返って上向きになり、力強い脈打ちを示した。

「すごいわ。すぐに大きくなるのね」

うっとりした声音で言われ、恥ずかしくも誇らしい。

「気持ちよくしてあげるわ」

強ばりを握り直した手が、上下に動く。うっとりする快さが、からだの隅々にまで広がる心地がした。

（ああ、先輩……）

膝がガクガクと笑う。木を背にしていなかったら、坐り込むところであった。

そのまま手で射精に導かれるのだと思っていた。ところが、天を仰いだ屹立が、温かく濡れたところに入り込んだのである。

さらに、ねっとりしたものが敏感な粘膜や、くびれにまといつく。

（え⁉）

驚いて下を見れば、美奈代の頭が股間にくっついていた。顔は見えなくても、何をしているのかなんて確認するまでもない。

（先輩がおれのチンポを――）

咥えられているのだ。フェラチオをされているのだ。

「ああ、こ、こんなのって」

罪悪感がこみ上げたのは、憧れのひとの唇を、不浄の器官で穢しているからである。けれど、ちゅぱッと舌鼓を打たれることで、倫理的な思考が粉砕された。

「ううう」

呻いて、腰をワナワナと震わせる。強烈な快美感に、全神経が蕩かされるようであった。

美奈代が唇をすぼめ、頭を前後に振る。舌を陽根に巻きつけて、熱心に吸いしゃぶりながら。

ぢゅ……ちゅぷ――。

卑猥な舐め音が、木々の狭間に響く。

(こんなの……よすぎるよ)

神社の裏で淫らな施しをされるというシチュエーションにも、理性がぐらつくよう。罰が当たるのではないかと思った。

もっともそれは、神聖な土地で不埒《ふらち》なことをしているからではない。憧れの先輩にここまでさせることが、ひたすら申し訳なかったのだ。

そのくせ、快感は天井知らずに高まる。

「あ、あ、駄目です。出ます」

あっ気なく限界が訪れ、祐司は声をかけた。だが、彼女は口淫奉仕を中断しない。それどころか、いっそうねちっこく舌を回す。

おまけに、陰嚢を手で持ちあげ、ブランデーグラスのように転がしたのだ。ムズムズする愉悦が呼び水となり、オルガスムスが襲来する。

「あああ、い、いく」

情けない声をあげ、祐司はめくるめく歓喜に押し流された。愛しいひとの口内へ、青くさいザーメンをドクドクと注ぎ込む。蕩ける快さにまみれたペニスを、いく度もしゃくり上げて。

「は……はっ、くはぁ」

喘ぎの固まりが喉から溢れる。心臓が今にも壊れそうに鼓動を鳴らした。

強く締められた指の輪が、根元から先端に向かって動く。尿道に残った精汁が搾り出され、それもチュウと吸ってから、唇がはずされた。

(出しちまった……先輩の口に)

かつてない罪悪感に胸が締めつけられたとき、下から声が聞こえる。

「濃いのがいっぱい出たわよ」

祐司は(え?)となった。発射されたものを吐き出した気配がなかったからだ。

(先輩、おれのを飲んだのか?)

確かめられないまま立ち尽くしていると、ブリーフとズボンが甲斐甲斐しく穿かされる。ベルトも元通りに締めてから、美奈代は立ちあがった。

「今のが最後よ」

そう言って、頰に軽くキスしてくれる。祐司は危うく泣くところであった。

4

掛上町のアイドルは、予想以上の人気を博した。町の商店街から声がかかっただけではない。近隣の区や自治体からも、問い合わせがいくつも来たのである。

これは、ネットの動画サイトに桜祭りの模様がアップされ、彼女たちの歌が評判になったためもあった。他にはない下町のアイドルは新鮮で、大手のメディアでも取り上げられた。もしかしたら、全国区のデビューも夢ではないかもしれない。

メンバーの四人はもちろん喜んだし、祐司も鼻高々であった。もちろん、最大の功労者のことは忘れていない。

(これもみんな、美奈代先輩のおかげなんだ)

できればこれからも、彼女と一緒に活動をしたい。しかし、それは叶わぬ夢である。復帰の可能性はゼロではなくとも、出産と子育てが終わってからになるだろう。まだまだ先のことだ。

とにかく今は、残されたメンバーで頑張るしかない。

（――さて、名前をどうするかな）

祭のときに呼びかけ、グループ名を募ったところ、たくさんの応募があった。いくらか絞ったものの、候補はまだ二十以上もある。もう少し吟味してから、みんなで話し合って決めることになっていた。

自室で名前を書いた紙を並べ、どれがいいかとうんうん唸っていると、

「祐司、お客さんだよ」

階下から母親に呼ばれる。誰かなと出てみれば、玄関に見知らぬ女性がいた。同い年ぐらいで、どこかオドオドしたふうながら、優しい面立ちが印象的だ。

「ええと、どちら様でしょう」

訊ねると、彼女がぺこりと頭を下げる。

「あ、あの、わたし、木崎優花《きざきゆうか》と申します。寿――江西美奈代さんに紹介されて参りました」

「え、先輩に？」

優花は、美奈代の短大時代の友人であった。出身は西東京で、結婚後もそちらに住んでいたのだが、離婚して実家にも居づらくなり、友人を頼って掛上町に越してきたという。春からこちらで仕事も始めたそうだ。

訊ねずとも身の上話を聞かされて、祐司は戸惑った。しかし、

(あ、ひょっとして——)

ピンと閃《ひらめ》くものがある。

「あの、美奈代先輩の紹介っていうのは？」

「あ、はい。ええと、アイドルの一員に加えてもらったらどうかって……」

どこか自信なさげなのは、自分なんかがおこがましいと、卑下しているからではないのか。

たしかに華がある女性には見えない。けれど、祐司の心はすでに決まっていた。

(先輩の推薦なんだ。絶対に間違いなしだな)

幹恵のように、普段は表に出ない魅力があるに違いない。美奈代の目に狂いはないのだ。

それに、バツイチのアイドルというのも、なかなか貴重だ。特に同じ境遇の女性は、親近感を覚えるのではないか。ファン層を広げる一役を担ってくれそうである。

「優花さんですね。これからよろしくお願いします」

祐司が笑顔で右手を差し出すと、彼女が恐縮したふうに握手をする。その手はとても柔らかくて、思わずうっとりしてしまった。

（こんな手でチンポを握られたら、すぐにイッちゃうかも）

つい露骨なことを考えて、懲《こ》りないなとあきれる。だが、もしかしたら美奈代は、自分のためにこのひとを推薦してくれたのかもしれない。

（まだまだ楽しくなりそうだ）

祐司の胸は大いにはずんだ。そして、彼女たちの歌声が聞こえてくる。

四月が過ぎて　桜が散っても
いつも必ず思い出せる　今日の旅立ちを——

（了）

※本作品はフィクションです。
作品内の人名、地名、団体名等は
実在のものとは関係ありません。

長編小説

とろり下町妻《したまちづま》

橘《たちばな》 真児《しんじ》

2018年2月5日　初版第一刷発行

ブックデザイン…………………… 橋元浩明(sowhat.Inc.)

発行人…………………………………………… 後藤明信
発行所………………………………… 株式会社竹書房
〒102-0072　東京都千代田区飯田橋2－7－3
電話　03-3264-1576（代表）
03-3234-6301（編集）
http://www.takeshobo.co.jp
印刷・製本…………………………… 凸版印刷株式会社

ISBN978-4-8019-1360-8　C0193